AF289500

Body Horror 2
Der parasitäre Zwilling

Body Horror 2

Der parasitäre Zwilling

Autor: Saskia Koops

Bibliografische Information der Deutschen Nationalbibliothek: Die Deutsche Nationalbibliothek ver-
zeichnet diese Publikation in der Deutschen National-
bibliografie; detaillierte bibliografische Daten sind im
Internet über dnb.dnb.de abrufbar.

Copyright: © 2023 Saskia Koops
Herstellung & Verlag: BoD - Books on Demand,
Norderstedt

ISBN: 9783757823467

Vorwort:

Keine Operation wird euch von diesem Buch trennen können.

Inhaltsverzeichnis:

Osteoporose

Sonnenbrand

Körperbehaarung

Kugelmenschen

Pipa Toad

Pilz

Beine

Multiple Sklerose

Worldwatcher

Radium

Lunge

Pusteln

Alzheimer-Demenz

Arthrose

Cymothea exigua

Empfindungen

Schwein

Puppe

Split-Brain

Nekrose

Krümel

Glasknochen

Mysophobie

Animal Body Horror

Idiopathie

Gesundheit ist das Wichtigste im Leben.
Viele werden diesen Spruch leichtfällig
abgetan haben, bis sie selbst krank worden.
Wir lernen, Dinge erst dann wertzuschät-
zen, wenn wir sie nicht mehr besitzen.
Ich habe Gesundheit nie besessen, doch ich
schätze jeden, der sie besitzt.

Ich wurde todkrank geboren. Der erste Blick
der Ärzte fiel auf meine Haut. Sie war
ungewöhnlich verfärbt, ungesund gelblich.
Außerdem hatte meine Haut Deforma-
tionen, Knubbel an einigen Stellen wie
meiner Stirn, Bauch oder rechte Schulter.
Dazu kamen komische Flecken wie bei
einem Menschen, der an Hautkrebs
erkrankt ist.

Mir wuchsen kaum Haare. Weder auf dem
Kopf noch am Körper.

Ich lernte, nie zu laufen, dafür war ich zu gebrechlich. Seitdem sitze ich im Rollstuhl.

Ich bin anfällig für Krankheiten und brauche Wochen, um mich von einer Erkältung zu wiederholen.
Beinahe hätte ein Schnupfen mich das Leben gekostet. Dazu kommt eine ellenlange Liste meiner Allergien.

Meine Knochen sind deutlich zu erkennen. Ich bin dürr. Ich vertrage viele Lebensmittel nicht und mein Körper verwertet die Nahrung nicht so, wie er sollte. Meine Fäkalien scheide ich in einem Stoma Beutel aus.
Zum Atmen benötige ich eine Atemhilfe.
Dieses Leben kostet mich viel Kraft und die meiste Zeit davon schlafe ich. Mein Körper kann mich kaum aufrecht erhalten.
Ich rede nicht viel. Mir zuzuhören würde lange dauern, das möchte ich meinen Mitmenschen ersparen. Dabei würde ich ihnen gerne von mir und meiner unbekannten Krankheit erzählen.

Ich habe wenige Vertraute, die wissen, was in mir vorgeht und welche Bedürfnisse ich habe.

Ich gehe selten mit meinen Pflegern raus, doch wenn ich es tue, genieße ich jede sensorische Wahrnehmung, die mir möglich ist. Zumindest funktionieren meine Sinne und dafür bin ich dankbar.

Mitunter bekomme ich junge Leute mit, die sich wünschen, morgen krank zu sein, um die Klassenarbeit nicht mitschreiben zu müssen. Törichter Wunsch.

Manche bemitleiden mich, innerlich sind sie aber froh, dass nicht sie es sind, die dieses Leben führen müssen.

Einige machen Witze über mich und dann gibt es die, die wirklich Interesse an mir haben, Mitgefühl zeigen, mich aber nicht als Opfer, sondern als normalen Menschen sehen. Die sind mir am liebsten. Bei solchen Außenstehenden nehme ich meine Kraft zusammen und erzähle ein wenig. Bis jetzt haben sich alle die Zeit

*genommen, mir zuzuhören, auch wenn
der kleinste Vortrag mich eine halbe
Stunde gekostet hat.*

*Ich erlebe zu oft, wie Menschen zwar sagen,
Gesundheit sei wichtig, doch sie sind nicht
dankbar dafür, sehen es als selbstverständlich und vergessen um ihr Gut. Jeder
kann von den einen auf den anderen
Moment an einer Krankheit erliegen. Sei
es durch den Körper selbst oder einem
Unfall.
Der menschliche Körper ist unfassbar komplex
und wir wissen längst noch nicht alles.*

*Mein Leben war kurz und schmerzvoll, doch ich
bereue es nicht, in diesem Körper geboren
worden zu sein. Er hat mir die Seite des
Lebens, der Menschen gezeigt, die es als
selbstverständlich sehen, alles, was sie
besitzen. Dass wir Kranken Außenseiter
sind und noch viel getan werden muss.
Mein Körper war krank, doch ich habe jeden
einzelnen Moment mit der Seele gespürt.*

Situs inversus

Seit geraumer Zeit plagen mich innere Beschwerden in meinem Körper. Es fing mit einfachen Bauchschmerzen an und wurde immer schlimmer. Mir wurde schlecht von den Schmerzen und ich lag viel im Bett, drehte mich hin und her.

Eines Abends verspürte ich unter meinem rechten Rippenbogen einen Schmerz und fragte mich, wie das sein konnte. Mir fiel nur die Milz ein, welche jedoch links lag.
Plötzlich stockte mir der Atem und ich verspürte einen Krampf in der Herzgegend.

In mir stieg Panik auf, dass ich einem Herzinfarkt nahe sei, doch das Leiden verlagerte sich nach rechts und hörte nach einiger Zeit auf. Ich

konnte mir das nicht erklären und
musste damit zum Arzt.

Ich besorgte mir schnellstmöglich einen
Termin und man tätigte Röntgenauf-
nahmen von meinem Inneren. Ich
merkte dem Arzt bereits an, dass er
keine guten Nachrichten mit sich brachte.

Situs inversus
Meine inneren Organe lagen spiegelver-
kehrt.

Er erklärte mir, dass man damit geboren
wird, doch mich beschlich das Gefühl,
dass etwas nicht stimmte. Ich konnte
nicht damit geboren worden sein.
Mein Herz habe ich immer auf der
linken Seite schlagen gehört und
woher kamen dann die Beschwerden?

Daheim musste ich die Nachricht erst ver-
arbeiten. Der Arzt meinte, ich könne

damit normal weiterleben, doch trotz-
dem kreisten noch eine Menge Fragen
in meinem Kopf umher.

Im Badezimmer wollte ich nach der Zahn-
bürste greifen, als ein Zucken und Kna-
cken meinen linken Arm durchfuhr. Ich
schrie auf, als sich mein Arm komplett
verdrehte. Ich stürzte zu Boden, als
meine Beine mich nicht mehr halten
konnten, und musste mit ansehen, wie
auch diese anfingen, sich zu ver-
drehen. Das Gefühl, alles in meinem
Körper würde in dem Moment zer-
reißen und zerbrechen, ließ mich eine
unfassbare Qual erleiden. Mein Körper
verdreht sich und ich kann mir nicht
erklären warum.

Schließlich spüre ich ein Knacken an
meinem Genick und die Lebenslichter
erlöschen, als sich mein Kopf verdreht.

Trans

Ich bin ein Mann und kam als Frau zur Welt.
Ich habe schon früh gespürt, dass der
Körper, der mir geschenkt wurde, nicht zu
mir gehört. Ich entschloss mich zu einer
Operation und konnte nach jahrelanger
Qual endlich ein Mann sein.
In letzter Zeit geschehen jedoch grausame
Veränderungen mit meinem Körper.

Mir fiel es auf dem Klo nach dem Aufstehen auf, als ich das Blut untenrum
sah und Schmerzen in meinem Unterleib verspürte, was eigentlich nicht
möglich sein konnte, wurden mir die
Gebärmutter und Eierstöcke vor
langem entnommen. Ich fühlte mich
zurückgeworfen in die Zeit, wo ich
meine Periode noch bekam. Diese Zeit
war die schlimmste im Monat. Ich
hasste dieses Gefühl, diesen Geruch
und wollte all dies nicht! Es gab Tage,

an denen ich am liebsten die Klinge in
mein Unterleib gestoßen hätte.

Mein Bart wuchs nicht mehr wie sonst
und beim sprechen fiel mir auf, dass
diese, wie beim Stimmbruch, plötzlich
vermehrt weiblich klang, wie damals
einst.
Nein, das konnte und sollte nicht sein! Ich
möchte keine Frau sein!

Mir fielen vermehrt meine wachsenden
Brüste auf. Wie konnte das sein?
Warum entwickelte mein Körper sich
zurück zu einer Frau?
Ich habe diese schon immer gehasst und
war froh, dass ich damals kleine Brüste
besaß, um diese gut zu verstecken.
Doch selbst damals waren sie mir
trotzdem zu groß, genauso wie meine
Hüfte.

Beim Hosenanziehen fiel mir vermehrt auf, dass meine Hüfte breiter geworden war. Nein, ich wollte keine Frau sein! Ich bin ein Mann! Wie sollte ich dies einen Arzt erklären? Gab es dafür eine Erklärung?!

In diesem Körper will ich nicht leben! Ich will meine Periode nicht haben! Ich will keine Brüste haben! Ich will keine weibliche Stimme haben! Ich will keine breite Hüfte haben! Ich will keine Frau sein!

Meine Hand umgreift das scharfe Messer und führt dieses zu meinem Unterleib, bis ich mehrmals auf diesen einsteche.

Kälteschock

Ich friere.
Mir ist immer kalt. Ich trage mehrere
Lagen Kleidung, schlafe mit mehreren
Decken und selbst im Sommer verspüre
ich nur die Kälte in meinem Körper.

Eine Zeit lang dachte ich, ich leide unter
Eisenmangel oder einem anderen
körperlichen Leiden, doch dies erwies
sich immer wieder als falsch.

Mein Körper zitterte, meine Zähne klap-
perten und ich hatte eine dauerhafte
Gänsehaut. Nichts half und vermutlich
könnte ich mitten in den Flammen
stehen, mir wäre weiterhin kalt. Heiße
Getränke und Duschen bewirkten ebenfalls keinen Erfolg.

Mein Körper beginnt bläulich zu werden
von der Kälte und die Bewegungen
meiner Gliedmaßen wie Finger fällt mir

schwer. Meine Bewegungen werden langsamer, ich zittere und kann meine Gedanken nicht mehr richtig sortieren.

Mit letzter Kraft lege ich mich in mein Bett, ziehe mir eine dicke Decke über, aber mit dem Wissen, dass diese nichts bringen würde.

Ich blicke auf meine Finger und erschrecke, als ich die kleine, zarte Eisschicht entdecke.
Mein Körper erstarrt und die Eisschicht legt sich auf meinen ganzen Körper.
Mir wird schwarz vor Augen und die kalten Finger des Todes umfangen mich.

Herzschmerz

Ich habe schon immer tief und innig
geliebt, umso mehr lastete der Herz-
schmerz der zerbrochenen Beziehung
auf mir.
Das Nass meiner Seelenspiegel durchflos-
sen mein ganzes Gesicht.
Die Erinnerungen wanderten durch
meinen Kopf.
Mein Herz fühlte sich schwer an.
Ich lief gebückt, durch die Last meines
Herzens.
Ich fasste mir an die Brust, als ich diesen
stechenden Schmerz spürte.
Es heißt, dass es sich anfühlt, als würde
dein Herz zerbrechen, wenn du etwas
verlierst, was du liebst.
Ich habe das Gefühl, meines würde
geradezu zerreißen.

Der Schmerz wurde schlimmer und ich bekam Schwierigkeiten mit dem Atmen.
Ein Husten überkam mich und aus meinem Munde kam Blut. Ich musste mich setzen, da der Schmerz nicht weniger wurde und bei jedem Gedanken an meinem damaligen Partner brach mein Herz immer mehr.

In meinem Inneren zerriss mein Organ.
Es fühlte sich an, wie ein grausamer Muskelriss.

Meine Herzkammern fühlten sich an, als würden sie platzen.
Die Gefäße rissen auseinander.
Das Blut floss in mein Körperinneres.
Ich starb.

Zerfressen

Es fing mit einer kleinen Wunde am Arm an, die sich entzündet hatte und dadurch rötlich, leicht geschwollen war. Ich dachte mir nichts weiter dabei und tat alles, damit die Wunde verheilte, doch mit der Zeit wurde es schlimmer. Die Entzündung fing zu stechen und zu jucken an, sie schmerzte, als würde sich etwas in mein Fleisch graben.

Die Entzündung breitete sich immer weiter aus und tut weh. Sie fühlt sich an, als würde etwas in meine Haut beißen. Ich versuche, den Schmerz zu unterdrücken. Ich gehe zum Verbandskasten in meinem Badezimmer, um meine Entzündung zu verarzten, ziehe vorsichtig das Pflaster ab und erstarre, als sich mir ein grausamer Anblick auftat.
In meinem Arm war ein Loch, wo eigentlich die Entzündung sein sollte.

*Wie konnte das sein? Was war das? Frisst
die Entzündung meinen Körper auf?
Dieses beißende, schmerzende Gefühl verbreitet sich überall in meinem Körper und
ich muss immer mehr mit ansehen, wie
sich die Haut auflöst, zu bluten beginnt
und offene Stellen hinterlässt.
Wenn ich wollen würde, könnte ich mit
meinem Finger durch meinen Arm stechen.*

*Dieses innere Gefühl hört nicht auf, dass
sich etwas durch meinen ganzen Körper
bewegt und diesen zerfrisst. Ich werde
hysterisch, aber weiß nicht, was ich tun
soll. Ich spiele mit dem Gedanken, meinen
Arm zu amputieren, doch dieses grausige
Gefühl hat sich schon überall in meinem
Körper ausgebreitet. Die Bakterien nagen
immer mehr an meinem Inneren!*

Meine menschliche Hülle beginnt zu kribbeln und ich fahre mit meinen Fingern durch mein Gesicht, bis diese ertasten, dass auch dieses sich langsam aufzulösen beginnt.
Im Spiegel erkenne ich, dass meine rechte Wange beginnt, von Löchern übersät zu werden. Ich sehe zu meinen Händen und auch dort löst sich das Fleisch auf.

Ich breche auf dem Boden zusammen, als meine Beine mich nicht mehr tragen können, da auch sie von diesen mysteriösen Bakterien zerfressen werden. Ein unfassbarer Schmerz in der Bauchgegend widerfährt mir und ich merke, dass sie nun auch beginnen, meinen Körper von innen zu zerstören. Mir wird schlecht und vor Schmerzen verliere ich das Bewusstsein.

Die Bakterien nagen sich weiter durch mein Fleisch, lösen meine Haut auf, nähren sich von meinem Blut und sorgen immer mehr dafür, dass mein Körper sich auflöst.

Mittlerweile spüre ich viele meiner Gliedmaßen nicht mehr, da diese nicht mehr sind und ich fühle, wie die Bakterien an meinen Knochen nagen, bis sie auch diese langsam zerfressen.

Lebendes Haar

Meine Haare wurden von anderen
schon immer gelobt. Sie seien schön,
gepflegt und so lang. Jeder bewundert
meine Frisur, doch niemand, außer mir
selbst, darf diese berühren.
Ich war noch nie beim Friseur und die
Länge meiner Haare kommt davon, dass
ich meine Haare seit Jahren nicht mehr
geschnitten habe.
Ich kann meine Haare nicht schneiden.
In Kindestagen wollte meine Mutter dies
einmal tun, doch ich schrie vor Schmerz.
Sie dachte ich, würde mich nur anstel-
len, doch dann erkannte sie, dass meine
Haare, die sie zuvor geschnitten hatte,
leicht zu bluten anfingen.
Haare sind tot, sie leben nicht, doch
meine tun es.

Es schmerzt nicht, wenn ich eines ver-
liere, doch wenn ich eines abschneide
oder ausreiße, blutet es und ich spüre

einen unfassbaren Schmerz. Dazu spüre ich es, wenn jemand meine Haare anfasst, als hätten sie ein Tastsinn und als Jungs mir damals einst an den Haaren zogen, fühlte es sich an, als würde man meine Haare quetschen und mir meine Haut vom Leibe reißen. Glätteisen konnte ich nicht benutzen, fühlte es sich an, als würde ich mir meinen Körper verbrennen. Interessanterweise betraf dies nur meine Kopfhaare. Meine anderen Körperhaare waren nicht betroffen. Wären sie es ebenfalls gewesen, hätte ich schon lange die Klinge an meinen Arm angesetzt.

Die Haare werden immer länger, schwerer, selbst das Kämmen und Pflegen spüre ich intensiv. Zopfband nutzt nichts, der Druck auf den zusammen gebundenen Haaren, welcher dabei entsteht, ist kaum auszuhalten.

Je länger sie werden, desto schwächer fühle ich mich. Meine Kopfschmerzen werden schlimmer und ich fühle mich kraftlos. Meine Haut ist blass und ich glaube, meine Haare nähren sich wie ein Parasit von meinem Blutkreislauf. Mir bleibt nichts anderes übrig, als dem vorerst ein Ende zu setzen, die Schmerzen auszuhalten und sie abzuschneiden.

Meine Hände umfassen die Schere und jeder Schnitt schmerzt. Mir kommen die Tränen und ich halte es nicht mehr aus, fange an, mir meine Haare schmerzhaft rauszureißen, bis ich nach dem Rasierer greife und über meine Kopfhaut gehe. Ich schreie, als ich den Rasierer an meiner Kopfhaut spüre.

Das Blut fließt mein Gesicht hinunter, verteilt sich auf dem Boden und auf meinen Armen. Ich will sie weghaben, meine Haare. Immer wieder entfährt meiner Kehle ein grausamer Schrei, das Blut verteilt sich immer mehr, die

*Haare fallen zu Boden und langsam sacke ich
auf die Knie. Dieser Schmerz ist nicht auszuhalten, ich verliere immer mehr Blut, doch
kann nicht aufhören, mir die Haare auszu-
reißen, bis ich bei einem starken Ruck spüre,
wie ich meine Kopfhaut mit abreiße.
Doch das war gut. Wenn ich keine Kopfhaut mehr hätte, könnten mir auch
keine Haare mehr wachsen.*

*Ich griff nach einem scharfen Messer
und fing an, mir Stück für Stück meine
Kopfhaut von meinem Körper zu schneiden. Ich biss die Zähne zusammen, die
rote Flüssigkeit wurde mehr, strömte
über mein Gesicht und ich hielt dies alles
nicht mehr aus. Ich setzte die Messer-
spitze an meiner Schläfe an und mit
einem Ruck durchstieß sie meinen Kopf.*

*Die Polizei fand meinen blutüberströmten
Leichnam und waren erschrocken, als sie
sahen, wie mir Haare auf dem Schädelknochen wuchsen.*

Schimmel

Ich bin ein alter Mensch und habe schon viel erlebt und gesehen. Ich bin alleine. Meine Geliebte ist vor Jahren über die Brücke zum Himmel gegangen und unsere Kinder, wie auch Enkelkinder, sehen nur noch selten nach mir.

Mein Körper ist über die Jahre gebrechlicher geworden und ich bin schon lange nicht mehr zu dem in der Lage, was ich früher gemacht habe.

In letzter Zeit fällt mir vermehrt auf, dass sich ein komischer Flaum über meinen Stoppelbart legt, doch denke ich mir nicht viel dabei. Er verschwindet jedoch nicht und fängt an, mehr zu werden. Ich sehe keinen Sinn mehr darin, deshalb zum Arzt zu gehen, wenn ich auf der Liste des Todes doch bereits ganz oben zu stehen scheine.

*Auch auf meinem Arm wird der Flaum sicht-
bar, meine müden Augen erkennen jedoch
nicht, was es genau ist. Es fühlt sich pelzig an
und kommt mir irgendwie bekannt vor. Mein
altes Gehirn kommt nur nicht darauf.
Ich bemerke auf meiner kahlen Kopfhaut
mehr von diesen gräulichen Pelz,
schmunzle allerdings über mich selber,
dass ich nun wenigstens wieder etwas
Haar habe.
Beim waschen fällt mir ebenfalls vermehrt dieser Pelz auf und selbst mit viel
Wasser und Seife bekomme ich diesen
nicht weg.*

*Meine Atmung wird schlechter und ich
muss an meine Geliebte denken, wie sie
immer meinte, meine abendliche Pfeife
würde mir nochmal das Leben kosten.
Vermutlich hat sie Recht gehabt.
Ein Husten kommt auf und ich balle die Hand
zu einer Faust vor meinem Munde. Beim
Husten fällt mir auf, dass aus meinem
Munde ebenfalls diese gräuliche*

Substanz kommt. Verbreitet sie sich selbst in meinem Körperinneren?

Ich sitze in meinem Stuhl und rege mich kaum mehr. Der Flaum hat sich über meinem gesamten Körper ausgebreitet und auch in meinem Inneren fühle ich diesen, wenn ich mit der pelzigen Zunge über mein Mundinneres streiche.
Meine Zeit ist gekommen.
Ich hoffe, dich im Himmel wiedersehen zu können, Geliebte.

Großmutter

Vor einiger Zeit ist meine Großmutter verstorben. Sie hatte ein hohes Alter erreicht und sich zu Lebzeiten um mich gekümmert. Als sie starb, wusste ich nicht, wohin mit meinen Gedanken und Gefühlen. Die einzige Bezugsperson war tot und ich konnte mich noch nicht von ihr trennen, darum verschwieg ich ihren Tod und wünschte mir nichts Sehnlicheres, als sie wieder bei mir zu haben, mit einem schlagenden Herzen.

Ich habe in ihrem Haus alles so gelassen, wie sie es kennt und nichts verändert. Je älter sie wurde, desto mehr Pflege benötigte sie und auch wenn es nicht immer leicht war, war ich weiterhin für sie da und tat dies für sie. Einst war sie für mich da, nun bin ich für sie da.

Mit einem Eimer voll Wasser und einem Schwamm begebe ich mich in das Bade-

zimmer und höre ein leichtes Stöhnen.
Mit gesenkten Blick begebe ich mich zur
Badewanne und schaue zu meiner Oma,
die nackt in dieser lag.

Ihre Haare waren kurz, schwarz und zer-
zaust, nass von dem Wasser in der
Wanne.
Ihre Augen waren milchig weiß und weit
aufgerissen. Ihre Iris und Pupille waren
nicht mehr vorhanden und ihre Augen
schwarz umrandet.
Ihr Mund war geöffnet und es kamen nur
stöhnende, krächzende Laute heraus.
Ihre Haut war bleich, faltig, an einigen
Stellen von Todesflecken übersät.
Ihre Beine fehlten, welche sie einst bei
einem Unfall verlor.
Ihre Arme bewegte sie nicht und sie
waren leicht verschränkt.

Mit dem Schwamm nahm ich das Wasser
und fuhr über ihre Haut, woraufhin das

Stöhnen lauter wurde, und ich hatte das Gefühl, sie hätte Schmerzen. Ich musste vorsichtig sein, denn ihr Körper war durch die Verwesung empfindlich. Manchmal glaubte ich, sie hätte Schmerzen durch den Zerfall und das tat mir leid. Oma sollte keine Schmerzen haben.

Ich war geübt darin, hatte ich dies zu ihren Lebzeiten schon getan. Ich wusste nicht, ob ich mich darüber freuen sollte, dass sie irgendwie noch bei mir war, aber es war nicht so, wie ich es mir vorgestellt hatte.
In ihr herrschte der Tod und es gab kein Leben mehr, das in ihr wohnte.

Ich wusch sie weiter, doch ihr Stöhnen wurde zu einem lauten makabren Schrei, der mich dazu zwang, die Ohren zuzu-halten.
Dieser Schrei

Diese Schreie

Sie tat mir so leid.

Auch wenn ihre Haut sich komisch anfühlte, ich wollte sie in den Arm nehmen und
trösten, sie war doch meine geliebte Oma, die mich großgezogen hat. Sie sollte keine Schmerzen haben und ich wünschte, der Sensenmann würde sie zu sich holen. Mein Wunsch war töricht, hätte ich die Ausmaße dessen gewusst.

Vorsichtig legte ich den Arm um sie und ihr Schreien hörte für kurze Zeit auf. Es beruhigte mich und ein Lächeln stahl sich auf meine Lippen, als ich ihren Arm um mich spürte.

Panik stieg in mir hoch, als mich ihr Arm nach unten drückte.
Woher kam diese Kraft, die meine tote Oma plötzlich besaß und warum drückte sie mich in das Wasser?!

Ich spürte das Wasser in meiner Nase und kam nicht gegen die mysteriöse Stärke meiner Großmutter an. Ihre Schreie wurden lauter und hallten immer in meinen Ohren wieder. Vielleicht wollte sie das gar nicht?

Ich versuchte alles, um mich über Wasser zu halten und mich zu befreien, doch ihre Arme drückten mich immer wieder nach unten. Mein Mund schluckte Wasser und füllte meine Lungen. Ich verlor langsam das Bewusstsein und mein Körper gab nach.
Bis zum Schluss hörte ich ihre schmerzerfüllten Schreie.

Embryo

Ich möchte es erblicken, das Lebenslicht.
Gehütet im warmen Inneren.
Werde einst zu einem vollständigen Menschen wie der, der mich austrägt.

Die Wärme entschwindet.
Ich spüre, wie ich aus dem gehüteten Inneren ausgesaugt werde.
Es ist noch nicht der Zeitpunkt, wo meine Trägerin mich gebären sollte.

Weggeschmissen wie ein Stück Müll.
War ich dir nicht mehr wert?
War ich für dich nur ein ungewollter Parasit?
Ich brauche dich. Ich kann ohne dich nicht leben.
Schenk mir das Leben, wonach ich mich so sehne.
Ich möchte mich mit der Nabelschnur an dich binden.

*Ich brauche dich nicht. Ich merke, wie ich
ohne dich wachse. Unbehütet von deiner
Wärme und deinem Schutz.
Meine Glieder wachsen, doch sie sind
dünn und schwach.
Meine Knochen sind dünn und sie drohen
leicht zu brechen.*

Meine Haut ist fast durchsichtig.

*Meine Sinne sind nicht richtig ausgebildet
und mein Gesicht nicht deutlich erkenn-
bar.
Mein Herz schlägt leicht, doch meine
Organe sind noch nicht richtig entwickelt.*

*Ich brauche dich, um vollkommen zu
werden.
Ich möchte zu dir und mich von dir
ernähren.
Deine Wärme spüren.
Die Mutterliebe fühlen.*

Ich fühle die Verbundenheit zwischen uns, als ich dich mit meinen unentwickelten Augen erblicke, wie du unter der Dusche stehst und dich rein wäschst. Die Schmerzen haben dich mich nicht vergessen lassen und auch ich vergesse dich nicht. Ich werde immer da sein, in deinem Kopf, in deinem Körper.
Du wirst immer damit leben, dass du ein Kind hättest haben können.

Seelenruhig legst du dich in dein Bett. Ich möchte mit dir in diesem liegen und klettere auf das Bett. Ich sehe deine Beine unter der Decke und befreie dich von deiner Unterhose. Ich muss in dir rein, um zu vollständigen Leben zu kommen.
Mit dem Kopf voraus möchte ich in deinem Muttermund eindringen, bis ich deinen Schrei höre. Ein Schrei, wie ich ihn mir bei meiner Geburt gewünscht hätte. Mit fassungslosem, verstörten Blick siehst du zu mir, ich spüre deinen Blick.

Ich möchte doch nur deine Mutterliebe empfangen.

Mühsam krabble ich auf deinen Bauch, welcher bald ganz rund hätte sein sollen und zu deinen Brüsten, die mich stillen sollten.

Seelenruhig lege ich mich auf deinen Oberkörper und lausche deinem Herzen. Du zitterst, du hast Angst und Tränen rangen über deine Wange. Bitte weine nicht, Mutter. Ich werde doch immer ein Teil von dir sein und bald wirst du mich in deinen Armen halten können.

Maden

*Jeder Mensch ist auf seine Art und
Weise schön.*
Jedes Gesicht ist individuell.
*Manchmal geschehen Veränderungen,
die drastische Auswirkungen auf dem
Körper haben. Diesen Schicksalsschlag
habe ich einst erlebt, doch ich lebe
damit und habe Menschen an meiner
Seite, die mich trotzdem lieben.*

*Ich kann meine Kinder hören, wie mein
Gatte sie darum bittet, mich aus
meinem Schlaf zu erwecken. Sie öffnen
die Tür und begrüßen mich. Ich sehe,
wie sie auf mich zukommen und mich
lächelnd anblicken. Meine Kinder sind
wundervoll. Am Anfang waren sie ver-
ängstigt, doch sie haben sich schnell
daran gewöhnt. Mein Jüngster kommt
auf mich zu und gibt mir einen Kuss auf
die Stirn.*

Die vielen Maden und Würmer, die mein Gesicht unkenntlich gemacht haben und nun beheimaten, stört sie nicht.

Ich begebe mich an den Frühstückstisch und mein Mann begrüßt mich mit einem Kuss auf die Lippen. Zumindest dort, wo sie einst waren und was ihnen nun ähnelt.

Wir essen normal zum Frühstück und die kleine Made, die mir auf das Brot fällt, hebe ich sorgsam mit dem Finger wieder auf und lasse diese wieder in mein Gesicht gleiten.

Ich beobachte meine Kinder gerne am Nachmittag wie sie im Garten spielen und rieche die frische Frühlingsluft.
Wenn ich draußen bin, bemerke ich immer mehrere Insekten um mich herum.
Mein Mann setzt sich zu mir und legt seinen Arm um meine Schulter, während ich mich an ihn schmiege.

Unsere Kinder möchten sich heute
Abend einen Film angucken, welchen
wir mit ihnen genießen. Ich liebe diese
gemeinsamen Familienmomente.
Wir bringen unsere Kinder danach zu
Bett und ich gebe beiden einen Gute
Nacht Kuss. Meinem Jüngsten fällt ein
Wurm auf die Haare, worüber wir beide
schmunzeln und ich den Wurm wieder
an mich nehme.

Ich liebe meinen Mann und wir küssen uns
innigst, bevor wir uns unserer Kleidung
entledigen. Sein Glied ist deutlich erregt.
Mit einer Hand umfasse ich dieses, bewege
diese langsam auf und ab. Ich umschließe
seinen Penis mit meinen von Würmern
übersäten Mund und merke an seiner
Reaktion, dass ich nicht aufhören soll.
Ich habe die beste Familie, die es gibt
und die mich trotz allem liebt.

Flora & Fauna

Meine Verdauung war noch nie die Beste und ich hatte oft Darmbeschwerden. Auch von einer Magen-Darm-Grippe blieb ich oft nicht verschont. Ich hatte schon vieles angewendet, um meiner Darmflora zu helfen, doch vieles half nicht auf Dauer.

In letzter Zeit unternehme ich viele Spaziergänge und merke, wie die Bewegung meiner Verdauung guttut. Mir geht es besser und ich hoffe, diesmal wirklich etwas gefunden zu haben, was mir hilft.
Ich fühle mich erfrischt und habe das Gefühl, dass sich auch meine Atmung frischer anfühlt.
Trotzdem muss ich weiterhin darauf achten, was ich zu mir nehme und setze weiterhin auf viel Wasser.

Ich gehe abends erholt ins Bett und schlafe schnell ein. Morgens werde ich durch eine

Fliege in meinem Zimmer geweckt, von welcher ich nicht weiß, wo diese her- kommt, doch ich denke mir nichts dabei.

Mir ist durstig, dafür merke ich allerdings, wie mein Hungergefühl abnimmt. Ledig- lich Nüsse, Gemüse oder Obst esse ich nebenbei. Das beunruhigt mich ein wenig, aber bei dem Gedanken an anderem Essen wird mir schlecht. Da ich sowieso nicht alles vertragen und essen kann, war ich dies auf einer Seite bereits gewohnt, aber ich hatte trotzdem die Hoffnung, dass es endlich besser werden würde.

Mein Atem fühlt sich erfrischender an, doch irgendwie fällt mir das Atmen schwer. Ich dachte, ich hätte mir etwas eingefangen, doch dem war nicht so.

Ich lege mich schlafen und kann nur schwer in das Land der Träume abtauchen, da mich ein Husten wachhält. Ich keuche auf und zucke zusammen, als ich eine Fliege aus meinem Mund fliegen sehe.

Wie konnte das sein? Dafür musste es eine vernünftige Erklärung geben! Ich hatte mich sicher nur verguckt!

Der Husten wurde schlimmer und ich fühlte, wie meine Lunge und Bronchien schmerzten, dazu wurde ich von plötzlichen Bauchschmerzen geplagt. Ich musste damit unbedingt zum Arzt. Bei einem erneuten Husten spürte ich, wie etwas aus meinem Mund krabbelte und ich bekam Angst, welche ich in meiner Magengegend spürte und Magenbeschwerden bekam.
Mir schnürte sich die Luft ab und mir wurde durch den fehlenden Sauerstoff schummrig vor Augen.

Die Pathologen waren überrascht, als sie meinen Körper obduzierten und ihnen viele Insekten entgegenkamen, bis sie mein Inneres sahen. Mein Inneres war ein Biotop, überwachsen von einem Grün und Insekten, die in diesem, wie in meiner grasüberwucherten Lunge oder meinem moosbewachsenen Darm lebten.

Rücken

Ich habe Vertrauensprobleme.
Viele Menschen sind Heuchler, die auf nett
tun, um das zu bekommen, was sie von dir
wollen.
Um dich zu manipulieren und auszu-
nutzen.
Sie reden mit dir, nur um dann über dich
zu reden.
Sie verbreiten Unwahrheiten, Gerüchte,
lachen über dich.

Ich höre ihre Stimmen, wie sie über mich
sprechen, gemeine Dinge sagen.
Diese Lästereien über mich kann ich nicht
mehr hören!
Mit den Händen halte ich mir die Ohren
zu, um diese Stimmen nicht mehr zu vernehmen.

Ich ziehe mir meinen Pullover aus und
sehe mit dem Rücken zum Spiegel.

Die Stimmen werden lauter und ihre Gesichter schauen hämisch, als ich zu den hässlichen Fratzen auf meinen Rücken blicke.

Tokophobie

Es ist in mir drin.
Es schmerzt und lässt mich leiden. Ich
wollte es loswerden, doch es war zu spät
und nun plagt es mich, in meinem eigenen
Körper.
Es wächst und wird immer größer, dass
mir regelrecht schlecht davon wird, wenn
ich sehe, wie es meinen Körper verformt.
Wie lange muss ich mich noch damit rum-
plagen?

Der Parasit behindert mich und lässt mich
nicht so mein Leben leben, wie ich es
möchte. Jedes Mal wenn ich es spüre,
zucke ich zusammen und ein kalter
Schauer durchfährt meinen Körper. Dieser
Gedanke, dass es in mir drin ist, widert
mich an und wäre es für mich selbst kein
zu großes Risiko, hätte ich schon lange
versucht, es selbst aus meinem Körper zu
holen, mit einem Messer herauszuschnei-
den, um es dann abzustechen.

Dieser Schmerz ist unerträglich! Ein lauter Schrei entkommt meiner Kehle und die Ärzte sind bei mir. Endlich kann ich diesen Parasiten loswerden. Wenn es endlich aus mir raus ist, will ich es nicht sehen oder halten, es soll weg, sterben, zu jemand anderes, aber nicht bei mir sein.
Dieser Schmerz, die dieses Etwas verursacht, soll aufhören.

Überall ist Blut und es widert mich an. Es dauert Stunden, bis es endlich aufhört und die Ärzte den Parasiten aus meinem Körper geholt haben. Es schreit laut und dieses Geräusch macht mich zornig. Die Ärzte versorgen es und wollen es mir geben. Entsetzt blicke ich sie an und verlange, dass sie mir weg damit bleiben, diesen menschenähnlichen Wesen. Der alleinige Gedanke, dass es mit mir verwandt ist, lässt mich erbrechen.
Ich verweigere mich auch, es zu füttern. Die Vorstellung, wie es an meinen Brüsten saugt, ekelt mich an und ich sehe, wie meine

Reaktion gegenüber dieser Kreatur die Hebamme schockiert. Soll sie es nehmen und endlich von mir beseitigen, dieses Kind.

Engel

Unser Neugeborenes ist ein Engel. Es hat eine zarte Haut, schöne Wangen und wunderbare blaue Augen, die uns jedes Mal in ihren Bann ziehen. Darum gab ich unserem Baby den Spitznamen Engel.

Heute Morgen wollte ich nach unserem Baby schauen und zuckte zusammen, als ich es sah. Mein Gatte kam zu mir und sah es ebenfalls. Auf der Stirn unseres Kindes hatte sich ein drittes Auge gebildet, welches uns entgegenblickte.
Trotz dieser Eigenart war es wunderschön anzusehen und wir konnten unsere Augen nicht davon abwenden. Unser Sprössling war ein Engel.

Die Augen wurden immer mehr. Ich entdeckte ein weiteres auf seinem Arm, welches mich funkelnd anblickte und genauso ein schönes Blau besaß, wie die anderen

Seelenspiegel. Unser Engel wirkte immer fröhlich und wir machten uns keine Sorgen, dass die Augen ihm Schmerzen bereiteten, doch bekamen Sorge, was wäre, wenn er einst älter wird.

Sie alle blicken mich an und ziehen mich in ihren Bann, die vielen Augen auf dem Oberkörper meines Sohnes. Es werden von Tag zu Tag mehr und sie alle haben eine besondere Schönheit an sich. Ihr Blick durchdringt mich, als würden sie in meine Seele blicken und das Blau beruhigt mich auf einer unbeschreiblichen Ebene. Ich fühle mich nicht angestarrt, sondern beruhigt und entspannt. Ein wohliges Gefühl überkommt mich.

Unserem Engel wachsen überall Augen. Mittlerweile ist sein ganzer Körper übersät von diesen faszinierenden blauen Seelenspiegeln. Wir lieben ihn und würden nur das Beste für ihn wollen. Wie könnten wir

ihm je Schaden zufügen wollen? Er war
unser Wunder.

Tinnitus

Dieses Piepen ist unerträglich und ich
hasse es. Anfangs besorgte es mich und
ich bekam Angst, bis mir die Diagnose
gestellt wurde.
Tinnitus

Ich lebte damit, doch es war nervig. Laute
Dinge vermied ich, so gut ich konnte, und
hasste die Stille.
In letzter Zeit wurde das Piepen immer
lauter und schlimmer, so dass ich mein
Gegenüber manchmal nicht mehr richtig
wahrnehmen konnte und Kopfschmerzen
davon bekam. Es sollte aufhören!

Es wurde immer lauter und lauter und
hörte nicht mehr auf! Das Piepen wurde
zu einem hohen, schrillen Ton und hallte
überall in meinem Kopf wieder!
Mir wurde schlecht von diesem hohen Ton
und mein Kopf schmerzte. Meine Sicht ver-
schwamm und ich vernahm nur noch das

Schrillen, bis eine plötzliche Stille mich umfing und ich nichts mehr hörte, als das Schrillen meine Trommelfelle zum Platzen brachte.

Augenbrennen

Meine Augen wurden schnell trocken und brannten dann. Ich kniff die Augen stark zusammen und suchte meine Augentropfen. Ich zwinkerte vermehrt und spürte eine Wärme an meinen Augen.
Ich konnte meine Tropfen nicht finden und rieb mir die Augen. Selbst mein Augenlid war warm und ich fand es ungewöhnlich, wie warm sich meine Augen anfühlten. Es war, als würde man direkt in die Sonne blicken.

Meine Sicht verschlechtert sich immer mehr und trotz Augentropfen sind meine Augen trocken. Ich habe das Gefühl, die Tropfen seien einfach verdampft.
Mir wird immer mehr schwarz vor Augen und ich bekomme Angst, zu erblinden.
Dabei wird mir um meine Augengegend immer wärmer und es schmerzt plötzlich, als würde man sich verbrennen.

Mir wird schwarz vor Augen und ich kann nichts mehr sehen. Mit den Armen versuche ich mich zu orientieren, als mich ein Schmerz an meinen Augen durchfährt und ich schreie.
Meine Augen brennen! Sie verbrennen im Feuer!

Wie konnte das sein? Was war das? Warum hatten meine Augen Feuer gefangen?
Das Feuer verbrannte meine Augen bis zur Unkenntlichkeit. Die Hitze war unerträglich und das Feuer hörte nicht auf. Es verteilte sich immer mehr in meinem Gesicht und in meinem Körper. Ich spürte, wie mich die Flammen bei lebendigem Leibe umschlungen und meinen Körper in die Unkenntlichkeit zogen.

Sirenomelie

Schon als kleines Kind spürte ich eine tiefe
Verbundenheit zum Wasser. Das Gefühl auf
der Haut ließ mich immer wieder entspan-
nen. Wasser war meine Zuflucht.
Ich genoss die morgendliche Dusche, den
ersten Schluck Wasser und liebte es, im
Sommer an den Strand zu fahren.
Das Meer war unfassbar faszinierend. Wie
viele Geschöpfe von Mutter Natur in
diesem lebten, von denen wir nichts wuss-
ten, die Tiefen des Meeres.
Das Wasser barg auch seine Gefahren
doch das Faszinierende war, wie wichtig
und wandelbar es war. Wir bestehen aus
Wasser, brauchen es zum Leben und es
taucht in verschiedenen Formen auf.

Diesen Sommer verbrachte ich die meiste
Zeit wieder am Strand. Mich störte es nicht,
wenn es ein bisschen schattiger war, und ich

genoss auch das kalte Wasser um mich herum.

Ich bin eine erfahrene Schwimmerin, habe von klein auf an Schwimmkurse belegt und lächelte, als ich den Boden mit meinen Füßen nicht mehr spürte. Ich fing an zu schwimmen, bewegte meine Arme und Beine und fühlte eine unfassbare Freiheit. Das Meer war beinahe unendlich. Ob sich so die Meeresbewohner fühlten?

Manchmal wünschte ich, ebenfalls eines dieser Wasserlebewesen zu sein und als Kind träumte ich davon, eine Meerjungfrau zu sein.

Meine Beine fingen an, sich schwer anzufühlen, und ich hatte das Gefühl, die Kontrolle zu verlieren. Ich wusste nicht, was los war, und hielt inne.
Leicht bewegte ich meine Beine, um über Wasser zu bleiben, war ich mittlerweile ein wenig weit geschwommen.

Meine Beine berührten sich und kamen sich während der Bewegung immer näher, ich hatte das Gefühl, sie gehorchten mir nicht mehr. Das erste Mal bekam ich Angst vor dem nassen Tod.
Ich spürte, wie sich nicht mehr beide Beine bewegen, sondern ich glaubte, es würde sich nur noch ein einziges bewegen. Es fühlte sich jedoch größer an und ich wusste nicht, was es war. Ich wollte es mir logisch erklären, dass ich eine giftige Qualle erwischt hätte und mich ihr Gift nun lähmen würde, doch als ich meinen Mut zusammennahm und mit einer Hand Hinunterstrich zu meinem Unterkörper, zuckte ich zusammen.

Meine Beine waren zusammengewachsen! Wie sollte ich damit schwimmen? Ich versuchte, mich irgendwie zu bewegen, um zu schwimmen, aber ich wusste nicht, wie ich mit dem Bein umgehen sollte. Was sollte ich tun?!

*Mit den Armen wollte ich mich weiter
über Wasser halten, doch die untere
Bewegung verlangte mir viel Kraft ab. So
könne ich doch nie wieder laufen! Ich
würde auf einen Rollstuhl angewiesen
sein!*
*Mein erster Instinkt war es, irgendwie zum
Strand zurückzukommen.*
*Der Wellengang wurde stärker und ich
versuchte immer wieder, Luft zu holen. Ich
hielt es einige Zeit unter Wasser aus, doch
konnte meinen Kopf kaum mehr über
Wasser halten. Wie weit war es noch zum
Strand?*

*Mir ging die Kraft aus und mein Unter-
körper bewegte sich langsamer. Meine
Arme sanken unter Wasser und ich versuchte nochmal tief Luft zu holen, bevor
eine Welle mich von hinten erwischte und
mich unter Wasser zog.*
*Mein Leichnam wurde später an den
Strand gespült und sorgte für Aufregung,
da die Menschen fest davon ausgingen,*

dass sie eine Meerjungfrau vor sich liegen hatten.

Absorption

Wir wollten diese Welt zusammen betreten, doch die Engel holten mich wieder ab und ließen dich. Meine Hülle wollten sie verschwinden lassen, als hätte es mich nie geben sollen, aber ich ließ dies nicht zu!
Wir sind gemeinsam entstanden, wir sollten zusammen leben! Bitte verhilf mir zu einem Leben! Ich klammere mich an dich, halte mich an dir fest, werde eins mit dir, damit mir nicht das Leben verwehrt wird.

Warum solltest du leben dürfen und ich nicht? Warum solltest du über einen vollständigen Körper verfügen dürfen und ich nicht? Warum durfte ich die Welt nicht mit dir gemeinsam betreten, mit dir spielen, wie Geschwister es tun?
Warum durfte ich keine Emotionen fühlen? Ich habe genauso ein Bewusstsein.

Was haben sie geschrien bei unserer Geburt. Sie dachten, ich wäre tot, doch dank dir lebe ich. Ich liebe dich, mein Schwesterherz.

Dank dir kann ich die Luft atmen. Ich weiß, wir sind nicht so, wie es sich unsere Eltern gewünscht hätten, doch wir leben, auch wenn sie sich bei mir fragen, was ich bin.

Parasit nennen sie mich. Tumor beschimpfen sie mich. Am schlimmsten finde ich, dass sie davon reden, mich von dir zu beseitigen, damit du ein gutes Leben führen kannst.

Und was ist mit meinem Leben?! Werde ich nicht als Lebewesen, als Mensch angesehen? Ich habe ein Recht auf Leben, ich bin keine Krankheit.

Sterben sollte ich, wo ich doch alles dafür tat, mit deinem Körper einst zu werden. Warum lässt der Himmel erst zu, dass ich existieren soll, nur um mich wenige Tage später sterben zu lassen?

Ich will das nicht! Ich werde nie so laufen
können wie du, ein normales Leben
führen,
aber dass ich leben darf, bei dir bin,
bedeutet mir alles.
Aus meinem Mund von meinem
deformierten Gesicht kommt nur ein kla-
gendes Schreien, welches sich nicht
menschlich anhört. Mit meinen zwei klei-
nen verkrüppelten Armen versuche ich
mich zu wehren, möchte nach ihnen
treten, doch ich besitze keine Beine. Wo
meine Beine hätten sein sollen fängt dein
Oberkörper an. Die Ärzte kommen uns
immer näher. Ich weiß, was sie wollen.

Mich beseitigen.

In meiner Wut verletze ich dich mit
meinen Armen, kratze dich versehentlich.
Es tut mir leid, ich würde dir nie wehtun
wollen.

Dein Körper ist auch mein Körper.

*Wieso schreist du mich an?! Wieso weinst du
und flehst die Ärzte an, mich endlich von dir
zu erlösen?! Wie wagst du es, über deine
Schwester zu sprechen?! Wir besitzen die
gleichen Gene, hätten das gleiche Gesicht
tragen sollen und du willst mich loswerden?!*

*Ich dachte, wir würden bis ans Ende unse-
rer Lebtage zusammen bleiben!*

*Die Lichter werden grell und sie legen dich
auf einem Tisch. Nein! Das wird nicht
mein Ende sein! Merken sie nicht, wie ich
um mein Leben kämpfe?!*

Ich bin ein Mensch!

*Sie trennen uns! Sie nehmen mir dich,
meine Möglichkeit zu überleben! Sie entsorgen und werfen mich weg wie Müll.*

*Ich weiß, du wirst mich nie vergessen. Ein
Teil von mir wird immer in dir bleiben und*

die Narbe an deinem Oberkörper wird dich
auf ewig an mich erinnern.
An deine Zwillingsschwester, der es ver-
gönnt war, zu leben und die nur als Parasit
existieren durfte.

Risse

Seit ich ein kleines Kind bin, spiele ich Fußball. Ich spielte in der Kindermannschaft und je älter ich wurde, änderte sich auch die Mannschaft. In der Schule habe ich mit meinen Mitschülern immer mit dem Ball geübt und auch im Sportunterricht schlug ich immer Fußball vor.
Ich verfolgte regelmäßig die Sportschau, die Spiele meines Lieblingsvereins und fuhr selber regelmäßig in das Stadion. Die Saisonpause war dabei die schlimmste Zeit.

Es wundert also keinen, dass ich begabt bin am Ball. Ballführung, Tricks, Koordination, Dribbeln, ich beherrsche vieles ausgezeichnet. Nur logisch, wer schon seit Kindesbeinen an spielt. Wochen, in denen ich krank oder verhindert war, kamen mir vor wie Jahre. Ich wollte meine Gegner ausspielen und Tore schießen! Nicht zum ersten Mal führte ich *meine Mannschaft, ein kleiner Dorfverein, zum Sieg und war nicht umsonst Kapitän.*

Wie jedes Wochenende in der Saison stand ich auf dem Spielfeld und spielte dem Ball gerade meinem Mannschafts- kollegen zu. Der Spielverlauf war gut und ich hatte wieder den Ball, wollte zum Schießen ansetzen, bis der Gegner mir ein Foul gab.

Der Ball verfehlte sein Ziel und ich fiel schmerzverzerrt zu Boden. Mein Fuß tat unfassbar weh! Ich wusste, was das war, was mir da durch mein linkes Bein fuhr. Vor einigen Jahren wurde mein rechtes Bein schon in Mitleidenschaft gezogen und die Zeit der Rehabilitation war mir ein Graus. Ich wollte dies nicht wieder haben, aber ich konnte nicht mehr aufstehen und jemand aus meiner Mannschaft kam schon mit dem Arztkoffer. Ich hatte einen Bänderriss.

Man schaffte mich vom Spielfeld, doch etwas stimmte nicht. Ich erinnere mich noch genau an meinen ersten Bänderriss. Der jetzige Schmerz zog sich durch mein ganzes Bein, doch ich hatte das Gefühl, es breitete sich in meinem ganzen Körper aus.
Mein anderes Bein fing auch an, höllisch zu schmerzen, und zwängte mich in die Knie. Ich konnte mich kaum halten und mein Trainer hatte große Sorge um mich.

Meine Arme stützten mich, doch auch meinen Armen widerfuhr ein Schmerz, wie bei einem Muskelriss. Mein gesamter Körper schmerzte. Ich glaubte, in meinem Inneren würde alles zerreißen, als wäre ich an der Streckbank gekettet und würde auseinandergerissen werden.

Ich konnte mich kaum bewegen und wenn, fühlten sich meine Glieder an, als wären sie, wie eine Marionette, an einem seidenen Faden verbunden. Ich krümmte mich, schrie *und das Spiel wurde unterbrochen. Sie sahen mich an und ich wollte nur, dass das aufhört. Ich möchte wieder spielen!*

Meinen Mitspielern bot sich ein grausames Bild, als sich meine Gliedmaßen nicht nur so anfühlten, als würden sie zerreißen, sondern sich auch kurzerhand von meinem Körper lösten. Was geschieht mit mir?!

Ich sah zu meinem linken Arm, der sich blutend, als würde er abgerissen werden, von meinem Oberkörper löste. Er war nicht mehr da, aber ich hatte trotzdem das Gefühl, er wäre es noch. Blut floss auf den Rasen, meine Atmung verschlimmerte sich, ich bekam Panik.

Dieses brutale Schauspiel endete nicht und mein rechter Arm trennte sich ebenfalls von meinem Körper, doch das für mich schlimmste war, als sich meine Beine von selber von meinem Körper rissen. Der

Blutverlust machte sich bemerkbar und ich konnte gerade so zu meinem Torso runterblicken, als ich ein ziehen am Nacken spürte und ein Knacken in der Halsgegend. Nein, nein! Meine Mannschaft braucht mich! Ich fühlte, wie mein Kopf sich von selbst von meinem Körper riss und meine leblosen Augen auf das Spielfeld starrten, als dieser wie ein Ball über den Rasen rollte.

Gastroschisis

Von Zeit zu Zeit litt ich unter einem Bläh-bauch. Meine Freunde zogen mich immer damit auf, in welchem Monat ich denn sei. Ich fand das überhaupt nicht lustig. Bei mir ging dies leider mit Schmerzen einher und ich hasste es.

Irgendwie habe ich das Gefühl, dass die Schmerzen stärker werden und selbst wenn mein Bauch nicht aufgebläht ist, plagen mich starke Bauchschmerzen. Viel-leicht vertrug ich etwas nicht, worauf mein Darm reagierte?

Ich ließ mich wegen der Beschwerden krankschreiben und verbrachte die Zeit gequält mit Tabletten im Bett. Ich konnte kaum schlafen und es fühlte sich an, als würde man meinen Bauch aufschneiden, ähnlich wie bei einem Kaiserschnitt, doch viel schlimmer.

*In der kurzen Zeit, in der ich schlief,
träumte ich, man würde mich ausweiden,
mich von meinen Organen entledigen und
erschrocken wachte ich auf.*

*Meine Decke an der Bauchgegend war
komisch feucht und ein Schmerz durchzog
mich. War ich so schweißgebadet von dem
Alptraum?
Ich ziehe meine Decke vorsichtig zur Seite,
was ich sehe, lässt mich fast spucken.*

*Klar und deutlich liegt er auf meiner
Bauchdecke, mein Darm, außerhalb
meines Körpers. Träumte ich noch? Hatte
man wirklich versucht, mich auszuweiden?
War ein Mörder in meinem Zimmer?
Ein Schrei verlässt meinen Mund und ich
traue mich kaum, den Darm anzufassen.
Ich musste zu einem Arzt, operativ behan-
delt werden!
Dabei fiel mir ein, dass es nicht gut sein
konnte, wenn die Organe lange außerhalb*

des Körpers waren. Nicht ohne Grund
waren sie in unserem Körperinneren.

Zittrig wollte ich nach meinem Handy grei-
fen und mich dabei so wenig wie möglich
bewegen. Dieses Gefühl von meinem
Darm brachte mich fast zum Spucken.
Konnte ich jetzt überhaupt noch normal
essen und trinken?

Kaum wollte ich mein Handy zur Hand
nehmen, erfuhr mich ein weiterer Schmerz
und mir wurde übel. Ängstlich schaute ich
auf meinem Bauch und sah, wie sich mein
Darm zur Seite bewegte, nur um dann
meinen Magen entgegenzublicken.
Meine Ohren vernahmen ein Miauen und ich
zuckte zusammen. Die Tür war ein Spalt
offen und meine Katze öffnete sie mit ihrer
Pfote und lief mit dem Kopf voraus. Eigent-
lich freute ich mich, mein Haustier zu sehen,
doch nicht heute, nicht jetzt. Ich flehte, sie
möge verschwinden, doch sie hörte nicht und
sprang auf mein Bett. Mit einer

Handbewegung versuchte ich noch, sie weg-
zuscheuchen, doch sie war eisern und blieb.
Sie lief durch das Bett und ihr haariger
Schwanz streifte meinem Darm.

Ich schrie laut, aus Angst. Das konnte
nicht gut sein. Wie viele Bakterien würden
sich jetzt auf diesem Organ befinden und
mir vermutlich den Garaus machen? Im
Schreck vergaß ich die Katze, die sich zwi-
schen meinen Beinen befand, meiner
Bauchgegend näher kam und dann ihre
Krallen in meinem Körper stach.

Mehrmals tat sie dies, genauso als würde
sie es sich auf einem Kissen gemütlich
machen. Der Schmerz wurde unerträglich,
Blut floss und ich wusste, ich würde diese
Nacht nicht überleben. Meine Katze ließ
nicht ab davon und ich versuche sie weg-
zubewegen, doch dies hatte zur Folge,
dass sie sich fest und tief mit ihren Krallen
in das Fleisch bohrte.

Mir stiegen die Tränen in die Augen und lange würde ich das nicht mehr aushalten.

Ein Biss

Genüsslich biss meine Katze in meinem Darm und der Schmerz wurde unaushaltbar. Ein unfassbar ekliger Geruch breitete sich aus, als sie begann, meinen Darm aufzufressen, und die letzten verdauten Reste meines Essens freilegte. Es erinnerte mich daran, wie ich als Kind meiner Oma beim Schlachten ihrer Hühner half und beim ausweiden aus Versehen den Darm durchschnitt. Der Geruch war bestialisch. Es war die letzte Erinnerung, die mir in den Sinn kam, als die Schwärze, der Tod mich holte.

Osteoporose

In meinem Leben hatte ich mir schon oft was gebrochen. Als kleines Kind meinen linken Arm, beim Sport das Bein... Irgendwann hörte ich auf, zu zählen, wie oft meine Knochen schon brachen oder geprellt waren. Deshalb mied ich starke sportliche Aktivität und fiel öfters beim Unterricht aus. Man empfahl mir zwar, regelmäßig in das Fitnessstudio zu gehen, aber die Angst vor weiteren Verletzungen war zu groß.

Mein Rücken fing an, mir wehzutun, und generell hatte ich das Gefühl, meine Knochen würden schmerzen. Ich konnte es mir nicht erklären, warum ich dies so genau spürte. Ich hatte mich schon damit abgefunden, ständig Schmerzen zu haben und gebückt zu laufen. Durch meine Erkrankung war ich nicht belastbar und konnte nicht so, wie andere.

Heute Morgen wurde ich von höllischen Schmerzen geweckt und wollte aufstehen, doch ich knickte um und stürzte zu Boden. Laut schrie ich und wusste, dass mein Fuß gebrochen war. Ich kroch also zum Schreibtisch und versuchte, mich hochzuhieven, aber rutschte ab und kam mit dem Arm auf dem Boden auf. Meine Ohren vernahmen ein unangenehmes Knacken.

Nein, nicht auch noch mein Arm! Natürlich war ich anfälliger für Knochenbrüche, aber nicht so massiv!
Meine Knochen schmerzten und ich glaubte, etwas würde sich durch mein Mark fressen. Es fühlte sich an, als würde sich das, was sich durch mein Skelett frisst, meine Knochen langsam auflösen.

Langsam sackte mein Körper zusammen. Ich sah, wie er in sich zusammenfiel, wie ein weicher Fleischhaufen. Ich fasste an mein Bein und spürte keinen Knochen mehr! Auch

mein Fuß, welcher eben noch einen Knochen-
bruch erlitten hatte, fühlte sich an, als wäre
dort nichts mehr.

Schwäche überkam mich, mein Körper
hatte keine Stütze mehr und mein Gesicht
sah aus, als würde meine Haut schmelzen.
Ich konnte mich durch die fehlende
Wirbelsäule nicht mehr aufrecht halten
und mein Kopf fiel zu Boden. Durch den
fehlenden Schädelknochen verletzte sich
mein Gehirn und ich lag regungslos wie
ein Fleischhaufen auf dem Boden.

Sonnenbrand

Ich liebte es, mich in der Sonne zu baden und an den Strand zu fahren. Ich genoss die mich umfangende Wärme und die Komplimente, wenn meine Haut ein bisschen braun wurde.

Heute fuhr ich wieder zum Strand. Im Sommer nutzte ich jede Chance, die sich mir bot.
Auf meinem Strandtuch fiel mir leider auf, dass ich meine Sonnencreme vergessen hatte. Ich seufzte, wie ärgerlich. Sonst hatte ich sie doch immer dabei. Vermutlich habe ich einfach vergessen, sie wieder einzupacken, als ich die Tasche für den Sport gebraucht habe. Ich beschloss dann, mich heute nicht so lange zu sonnen, um einen Sonnenbrand zu vermeiden, und legte mich auf dem Rücken. Der Schirm bedeckte mein Gesicht und die Sonnenbrille schützte meine Augen.

In der wohligen Wärme schlief ich fast ein und als ich wieder zu mir kam, hatte ich die Zeit vergessen. Verdammt wie spät war es? Ein schneller Blick auf mein Handy verriet mir, dass ich eine Stunde in dieser Position verbracht hatte. Das würde sicher einen schmerzhaften Sonnenbrand nach sich ziehen, dachte ich mir ärgerlich.

Ich nahm meine Sonnenbrille und zuckte zusammen, als ich einen Blick auf meinen Oberkörper warf.
Überall waren Melanome!

Wie war das möglich? Ich hatte spätestens Morgen mit einem Sonnenbrand gerechnet, warum waren auf meiner ganzen Haut verschiedenfarbige Melanome? Hatte ich jetzt Hautkrebs?

Ich sah auf meine Arme und erblickte viele weitere dieser Flecken. Damit musste ich zum Arzt!

Mein Körper war geschwächt von diesem Krebs und mein Kreislauf hatte der Hitze nachgegeben und ich fiel beim Aufstehen zurück auf mein Tuch. Dabei bemerkte ich weitere Hautunebenheiten an meinen Beinen. Der Krebs streute und zeigte sich deutlich auf meiner Haut. Die Menschen sollten mich nicht so sehen! Ich nahm mein Handy, um den Notarzt zu rufen, und verbarg meinen Körper mit einem großen Handtuch. Die Hitze prallte weiter auf mich ein und es fiel mir schwer, mich zu konzentrieren. Ich fuhr durch mein Gesicht und spürte etwas mir Unbekanntes. Das musste der Krebs sein! Wie konnte er sich so schnell ausbreiten?

Ich erschrak, als ich mit der Handykamera die Frontseite öffnete und mein Gesicht von Melanomen überdeckt sah. Mir wurde schummrig und mein Kreislauf gab der Hitze nach.

Körperbehaarung

Meine Freunde beneideten mich für meine geringe Körperbehaarung. Während sie öfters zum Rasierer griffen, musste ich dies nicht. Kein Spott in der Umkleide wegen unrasierter Beine oder angewiderte Gesichter von meinen Sexualpartnern gegenüber meiner Schambehaarung. Dabei war es so dumm, dass viele Körperbehaarung verteufelten. Vor Jahrhunderten von Jahren hat sie uns warm gehalten und sie schützt bestimmte Bereiche vor Bakterien. Das versuchte ich auch immer meinen Freunden klar zu machen, aber sie sagten immer nur, ich könne da als kahler Bär nicht mitreden. Als wäre es schön, wenig Körperbehaarung zu haben. Meine Haare waren unteranderem dünn und nicht sehr dicht. Vermutlich würde ich irgendwann keine Haare mehr haben.

Ich verspürte ein Jucken an meiner Haut, dachte mir aber nichts weiter dabei.

Irgendetwas kitzelte mich im Inneren und es sollte aufhören. Ich kratzte mich an den besagten Stellen, Arm, Bauch, Beine aber es hörte nicht auf. Es würde sicher wieder weggehen.

Heute habe ich mich aus Versehen geschnitten, was eigentlich nicht schlimm wäre, aber beim bluten fiel mir etwas auf. Kleine feine Haare fanden sich darin wieder und ich machte mir Sorgen. Nein, es war absurd. Im Inneren des Körpers konnten keine Haare wachsen.

Mein Unterleib schmerzte, vermutlich nur meine Periode, aber da war noch was anderes. Es kitzelte, wie ein Haar in der Nase. Ich beschloss, meinen Frauenarzt aufzusuchen, erwähnte aber nichts von meinem absurden Verdacht. Eine simple Routineuntersuchung, ein Ultraschall. An der Reaktion des Arztes merkte ich allerdings, dass etwas nicht stimmte.

Harmlos versuchte er, mir zu erklären, dass in meinem Uterus Haare wuchsen.

Ich wurde einer Klinik überwiesen, aber ich glaube, die Ärzte waren genauso überfordert, wie ich. Was sollte man tun? Wie entfernt man die Haare aus dem Inneren eines Körpers?

Sie machten einen Ultraschall am ganzen Körper und zu meinem entsetzen musste ich sehen, dass ich überall im inneren Haare hatte!
Sie juckten, kitzelten, schmerzten, fielen aus und wuchsen immer weiter.

Schließlich erlag ich den Haaren, als sie in meiner Lunge wucherten und mir die Luft zum Atmen nahmen und selbst nach meinem Tode wuchsen sie, fanden ihren Weg durch meine Körperöffnungen. Ich sah aus wie eine Vogelscheuche, die man mit Haaren ausgestopft hatte.

Kugelmenschen

Die wahre Liebe.
Seelenverwandtschaft

Es gibt sie wirklich und ich habe sie gefunden. Er ist meine bessere, andere Hälfte und ich liebe ihn über alles. Ich weiß, dass ich immer auf ihn zählen kann, und wir sind uns in vielen Ebenen gleich. Wir sehen uns so ähnlich, als wären wir Zwillinge.
Mit dir möchte ich bis an das Lebensende gehen.

Willst du mit mir die Vereinigung vollziehen?

Nackt sitzen wir uns gegenüber und wir wissen, dass wir heute eins werden wollen. Unsere Hände verflechten sich miteinander. Wir haben uns gefunden, nachdem wir vor Jahren getrennt worden sind. Es fühlte sich immer an, als würde ein Teil von mir fehlen und dieses fehlende Stück habe ich nun gefunden.

Wir sitzen Rücken an Rücken und spüren, wir sich unsere Körper miteinander verbinden.

Einst waren wir alles Menschen, bestehend aus vier Armen, vier Beinen, zwei verwachsenen Körpern, doch man trennte uns als Strafe und seitdem suchen wir stets unser fehlendes Stück.

Ich atme tief ein und aus, als wir miteinander verschmelzen, Kopf an Kopf, Rücken an Rücken. Andere bevorzugen die Verbindung durch eine Hochzeit oder ein Kind, doch wir wollen den anderen immer an unserer Seite haben, so wie es einst bestimmt war.

Pipa Toad

*Mein Mann und ich lieben versaute Spiele.
BDSM, Dreier, Rollenspiele oder wenn er
mir hemmungslos auf den Körper spritzt.
Heute hat er mir auf den Rücken gespritzt
und meinen Hals gepackt, um mich zu
züchtigen. Ich liebe den Sex mit ihm.*

*Er wischte das Sperma weg und ich stellte
mich unter die Dusche. Dabei gesellte er
sich zu mir und konnte es nicht lassen,
mich anzufassen.*
Lustmolch!

*Mein Rücken fing nach einigen Tagen zu
jucken an und vermehrt spürte ich ein kleines ziehen. Vermutlich war ich nur ver-
spannt und bat meinen Partner abends,
sich meinen Rücken anzuschauen. Beim
Anblick meines Rückens blieb er allerdings
stumm und erzählte mir, ich hätte ein paar
Pickel. Ich hasste Pickel auf den Rücken.*

Ich zuckte vor Schmerz zusammen, als mein Freund mir einen Pickel ausdrückte, aus welchem nur Blut kam. Ich befahl ihm, das nie wieder zu tun, und zog mein Oberteil wieder an. Sie würden schon von alleine gehen.

Die Pickel wurden größer und fingen zu schmerzen an. Sie pochten, pulsierten und selbst das dünnste Oberteil schmerzte meiner Hautoberfläche. Ich konnte nicht einmal mehr auf dem Rücken liegen oder mich an den Stuhl lehnen. Jede Bewegung tat weh, die Rückenschmerzen wurden schlimmer und ich legte mich oberkörperfrei auf dem Bauch in das Bett. Mein Freund kam heim und sah, was auf meinem Rücken vor sich ging. Er scherzte, dass es wohl von seinem Sperma kam, ich fand es nicht lustig. Wenn ja, wäre es das letzte Mal, dass er mich anspritzen durfte.

Er musterte die großen Pickel und wollte sie anfassen, doch bei der Berührung

schrie ich vor Schmerz und er teilte mir mit, dass die
Pickel eiterten. Konnte es noch ekliger werden?

Mein Rücken zuckte zusammen und unerträgliches Leid widerfuhr mir. Mein Freund wich zurück und schrie. Ich wollte wissen warum, als er mir mitteilte, dass etwas aus meinen Rückenpickeln kroch. In diesem Moment kreischte auch ich vor Angst. Es sollte weg, sie sollten weg! Was waren das für Parasiten?!

Es waren keine simplen Parasiten, was aus den Pickeln kroch, die auf meinem ganzen Rücken verteilt waren. Es waren kleine, menschliche Embryonen. Sie krochen aus meinem Rücken, krabbelten auf diesem und vor Angst fiel mein Freund vom Bett. Ich hörte ihn aus dem Zimmer rennen, während er mich alleine im Bett ließ, dabei, mehrere Embryonen aus meinem Rücken zu gebären.

Pilz

Dieser Körper ist Mein. Er ist lange nicht mehr Herr seines Besitzers.
Ich bin in diesem Körper eingedrungen. Er gehört nun mir.

Sein Verstand ließ nach. Mehr und mehr kontrollierte ich seine Bewegungen. Ich werde in sein Gehirn eindringen und wie er leben. Er wird sterben, aber niemand wird es bemerken, denn ich werde ihn besitzen.

Ich hätte dieses Wasser aus dem Fluss nicht trinken sollen. Ich fühlte mich schlecht danach. Magenschmerzen, Durchfall, dabei wollte ich nur mit Freunden campen gehen. Mir wurde öfters schwindelig, ich verlor das Bewusstsein und war nicht mehr Herr meiner Sinne.

*Entgegen meines Willens schlug ich unter-
anderem meinem Freund die Flasche
aus der Hand. Er beleidigte mich als Spas-
tiker.
Mein Kopf schmerzt und mit einer ver-
schwommenen Sicht laufe ich meinen
Jungs hinterher. Sie machen mir ein
schlechtes Gewissen und meinten, ich
würde den Ausflug mit meinem komischen
Verhalten ruinieren.*

*Die Worte ziehen an mir vorbei und mein
Mund bewegt sich, um was zu sagen, aber
ich befehle ihn nicht dazu. Es kommen
undeutliche Laute heraus, als würde
jemand zum ersten Mal sprechen und
meine Beine geben nach.*

*Meine Freunde gucken zu mir, helfen mir auf
und fragen, was denn jetzt sei. Etwas
wackelig richtet sich mein Körper auf und
nickt. „Geht." höre ich diesen sagen und ich
weiß, dass meine Freunde jetzt mit etwas*

durch den Wald gehen, das nicht ich ist,
aber meinen Körper bewohnt.

Beine

Ich bin Marathonläufer, doch seit geraumer Zeit lässt meine Leistung nach. In der Schule war ich schon immer der Schnellste und durch meinen Bruder kam ich auf das Hobby laufen. Ich trainierte meine Ausdauer und fing an, an Marathons teilzunehmen. Dabei arbeitete ich mich immer weiter hoch und gewann erste Preise.

Nach einer schweren Erkältung wollte ich wieder neu anfangen, doch meine Leistung war furchtbar! Ich muss schneller werden! Bis zum nächsten Marathonlauf will ich wieder fit sein!

Nach einem ausgelassenen Training schmerzen meine Beine. Muskelkater.

Ich konsumiere Magnesium, um den entgegen zu wirken, und hoffte, dass dieser bald weg sei, damit ich weiter trainieren konnte!

Erst nach weiteren Trainingseinheiten fallen mir Knubbel an meiner Hüfte auf. Insgesamt sind es sechs Stück an der Zahl. Die sollten bloß wieder weggehen, ich durfte nicht schon wieder wegen etwas krank sein und hoffte, dass es nichts Ernstes sei.

Je mehr ich trainiere, desto größer werden die Knubbel und hindern mich unteranderem daran, mir Hosen anziehen zu können. Lediglich weite Hosen schaffen Abhilfe. Auch beim Liegen stören diese enorm. Ich sollte einen Arzt aufsuchen, um sie mir entfernen zu lassen.

Beim Aufwachen spüre ich kleine Bewegungen an meiner Hüfte und zucke zusammen. Ich ziehe mir die Hose aus und was ich sehe, schockiert mich.

Sechs kleine Füße, so groß wie Babyfüße,
bewegten sich an den Stellen, wo gestern
noch die Knubbel waren.

Diese Anomalie musste entfernt werden!
Doch ich konnte auch das Training nicht
hängen lassen.
Die Füße wachsen und werden zu langen
Beinen, die sich alle synchron zu meinem
Hauptpaar Beinen bewegen. Mein Unter-
leib sieht dem einer Spinne ähnlich.
Doch ich laufe schneller, viel schneller!

Mehr wollte ich nie! Ich habe das Gefühl,
mit meinen Beinen mehrere Kilometer in
wenigen Sekunden laufen zu können!
Damit werde ich all meine Gegner in
Grund und Boden laufen.

Multiple Sklerose

Mein Körper verliert all seine Funktionen.

Es fing damit an, dass ich überall an meinem Körper dieses eklige Knabbern spürte. Ich versuchte, mich zu kratzen, um dagegen anzugehen, doch es half nichts. Das Knabbern kam vom Inneren meines Körpers und hörte nicht auf. Es entzog mir meine Kräfte, ich war immer schneller von meiner Arbeit erschöpft und meine Belastbarkeit sank.
Irgendetwas beißt sich durch meinen Körper.

Selbst nach einer Woche Urlaub voller Erholung, verschwand die Erschöpfung und das Knabbern nicht. Ich suchte einen Arzt auf und schilderte ihn davon, dass ich glaubte, mehrere Hamster würden in meinem Inneren etwas auffressen.

Schließlich erhielt ich die Diagnose.

Multiple Sklerose

Er erklärte mir, dass die Myelinschicht, die meine Nervenfasern umgibt, nach und nach beschädigt und oder zerstört werden würden. Meine Hoffnung auf Heilung wurde zerschmettert, als der Doktor mir erzählte, dass es keine gibt, nur eine Linderung der Symptome.
Unheilbar krank.

Mittlerweile ist eine halbe Ewigkeit vergangen, seitdem mir die Diagnose gestellt wurde und mein Leben wird von dieser Krankheit kontrolliert.
Öfters fühlen sich meine Körperteile nur taub an und meine Bewegung ist eingeschränkt. Die fehlende Bemerkung merke ich daran, dass ich immer anfälliger für Krankheiten werde. Das Schlimmste ist jedoch immer dieses grausame Gefühl angefressen zu werden!

Weil mein Körper seine Giftstoffe nicht mehr selber entsorgen kann, bin ich schon Stammkunde bei der Dialyse. Doch wie lange wird mir das helfen?

Ich bin 38 Jahre alt und mein Körper ist mit dem eines alten dementen 80-jährigen Opas zu vergleichen. Ich erinnere mich, wie ich als kleines Kind von meinem Opa angewidert war, wenn er sich in die Hose gepisst hat, jetzt muss ich selber Windeln tragen, um gegen meine Harninkontinenz vorzugehen.

Es widert mich an, dies zu notieren, doch etwas Abartiges passiert mit meinem Körper. Ich esse nicht mehr viel, um meinem Körper so wenig zum Verdauen zu geben, wie möglich. Das Gefühl einer vollgeschissenen Windel treibt mir immer die Kotze hoch. Allerdings möchte ich niemanden etwas davon erzählen. Über sowas wie den Stuhlgang spricht man doch nicht. Besonders nicht über Probleme mit diesem. Wie beschämend.

Abgesehen von dem Gefühl, Nagetiere leben in einem, ist mein Bauch unfassbar aufgebläht. Ich erinnerte mich an die Worte des Arztes. Meine Darmbewegung ist nicht richtig intakt und grob gesagt verfault meine Scheiße an Ort und Stelle. Grausig sind dabei die entstehenden Giftstoffe.

Ich habe das Gefühl, die Magensäure greift meine Darmwand an. Mein Magen bläht sich immer mehr auf und dieser Schmerz raubt mir alle Kraft. Kann mein Herz nicht einfach versagen und ich sterbe daran? Warum auf diese abstoßende Art?

Ein unfassbarer Schmerz durchzieht meinen Körper und etwas in meiner Bauchgegend fühlt sich an, als wäre ein Damm gebrochen. In meinem Fall die Darmwand und ab genau da wusste ich, *mein Tod und meine Erlösung standen bevor.*

Meine ganze unverdaute Scheiße und die Entzündung fanden ihren Weg in die Bauchhöhle. Es klingt so widerwärtig. Aber meine Existenz war am Ende nicht mehr weiter lebenswert, soll sich die Kacke überall ausbreiten und meine Organe versagen.

Mein Körper lag dort, auf dem Bett, tot. Doch nicht alles war gestorben. Das Knabbern ging weiter. Irgendwas fraß sich immer weiter durch meinen toten Körper und durch die Nerven. Vielleicht hat die ganze Zeit doch etwas in meinem Körper mit mir gelebt und sich von der Myelinschicht genährt.

Worldwatcher

Wahnsinn
Der Wahnsinn befällt uns.

Es fing mit diesem Schatten an. Wir dach-
ten, es sei nichts weiter, als ein gewöhn-
licher Schatten, doch dies war kein
gewöhnlicher. Es sah aus wie ein Strich-
männchen. Es war dünn, hatte einen
schwarzen Punkt als Kopf und an seinen
schlaksigen Ärmchen und Beinchen zwei
Klauen. Diese Kreatur sah relativ harmlos
aus. Doch sie ist es nicht.

Diese Kreatur, wir nennen ihn Worldwat-
cher, weiß Dinge, unfassbar grausame
Dinge. Es weiß alles. Über das Leben, das
Universum, unsere Existenz und all die
Geheimnisse, die der Mensch nicht lüften
konnte.

Worldwatcher ist wie ein Gott.
Ist Gott der Worldwatcher?

Wir mussten mit erschrecken feststellen, dass Worldwatcher eine unfassbare Macht in sich trägt. Unser Forscherkollege wagte es, dieses Wesen zu untersuchen und wir können uns nur auf die letzten Worte stützen, bevor er dem Wahnsinn verfiel.

Er sagte, er sähe viele bunte Farben, die nicht zu beschreiben seien und was das Universum sein sollte, doch es war etwas anderes. Er sah es durch den kleinen Kopf der Kreatur, die sich ihm öffnete und alles über das Universum kundgab.

Kurz darauf mussten wir ihn einsperren und ihn fesseln, nachdem er versuchte, sich alle Sinne zu rauben.
Er wollte sich die Augen auskratzen.
Er wollte sich die Ohren ausstechen.
Er wollte sich die Nase brechen.
Er wollte sich die Zunge abschneiden.
Er wollte sich die Haut skalpieren.
Er wollte sterben.

Jetzt versucht er immer, seinen Kopf gegen die Wand zu schlagen, und spricht in vielen Sprachen, die wir auf diesem Planeten noch nie gehört haben. Es war kein Deutsch, kein Englisch, Japanisch, Türkisch, nicht einmal die tote Sprache Latein. Er sprach in fremden Zungen, doch manchmal guckte er uns mit weiten Augen an und sprach in unserer Sprache.

„Gott ist Nichtexistent und irrelevant für das Universum."
„Das Universum ist ein Konstrukt der Menschheit."
„Für andere Mächte und Existenzen ist der Mensch nichts weiter als eine kleine Bakterie, die sich nur zu einer Infektion ausgebreitet hat."

Seine Aussagen ließen uns zusammen zucken. Anscheinend wusste dieses Wesen ALLES! War dieses Wesen nicht eventuell sogar das große Etwas, in das wir leben?
Es

schien alles zu wissen, was in dieser Existenz passierte.

Oder war es nur ein Botschafter der Apokalypse, der den Weltuntergang ankündigte? Hat es sich bis jetzt nur uns gezeigt oder bereits anderen? Wir mussten die Welt davor bewahren.
Mein Kollege hatte die Idee, es einzusperren, doch dieses Wesen war allmächtig.

Wir haben immer Gott als allmächtig bezeichnet, doch sollte jemand wirklich dazu fähig sein, alle Macht der Welt zu besitzen? Man siehe, was passiert, wenn wir einer falschen Bakterie, ich meinte Menschen, zu viel Macht überlassen, wie dies alles in sich zusammenstürzen lassen kann.
Auf einer Seite möchte ich die Kreatur, den Worldwatcher, nicht als Gott bezeichnen.
Es ist eher ein Teufel.

„Gott und der Teufel existieren wie alles auch wieder nicht. Es existiert was wir für uns erschaffen, erschaffen werden wir aber auch." hörte ich meinen Kollegen kreischen, als hätte er meine Gedanken gelesen. Seine Worte waren ein Widerspruch in sich. Gott soll es geben, aber gleichzeitig auch nicht?

Genau genommen leben wir alle in unserer eigenen Realität, in der wir geboren werden und die wir uns schaffen. Wir koexistieren lediglich miteinander. Und manchmal prallen Welten aufeinander.

Irgendwo hat mein wahnsinnig gewordener Kollege recht. Die übernatürlichen Mächte haben wir uns geschaffen oder lebten sie schon zuvor und wir haben sie nur entdeckt? Oder wurden sie von uns, unserer Vorstellung und der Sehnsucht nach Antwort auf Fragen, geschaffen?

Mir kommen immer mehr Fragen zu meiner Existenz auf. Bestimmt haben wir uns alle schon einmal gefragt, was ist das Leben und warum leben wir?

Was ist, wenn alles irrelevant ist? Es ist unsere Auffassung, eine Frage der Perspektive. Warum reden wir immer vom Leben und nicht vom Tod?

Sterben wir wirklich in dieser Realität? Werden wir als etwas wiedergeboren? Was ist, wenn Leben und Tod nicht existieren?

Ich will es wissen, die Antworten, aber wenn ich in den Worldwatcher sehe, werde ich dem Wahnsinn verfallen.

Warum? Was hat meinen Kollegen so schockiert, dass er wahnsinnig wurde?

Manchmal ist die Wahrheit zu unerträg-lich und wir leben lieber in einer Lüge weiter.
Was ist die Wahrheit, was ist die Lüge? Was wir für wahr empfinden kann viel-leicht nur erfunden sein. Manches erachten wir als falsch, aber was ist, wenn dies der richtige Weg ist?

Was wir uns aufgebaut haben, ist ein Konstrukt beherrscht von Mächten wie den Worldwatcher oder lebt doch jeder für sich? Sind meine Entscheidungen durch meinen Willen geschehen oder bin ich die Marionette des Worldwatchers? Herr-schen wir oder wird über uns geherrscht?

Ich muss es wissen! Nichts kann mich mehr aufhalten! Ich werde die Wahrheit verkraften und das Geheimnis des Lebens lüften! Oh ich danke dir, Worldwatcher, für deine Güte, uns zu besuchen und dich zu offenbaren!

Alleine schon seine Existenz lässt den Wahnsinn über uns kommen.

Der Kopf dieses Wesens öffnet sich, als ich näherkomme. Es weiß, wonach ich mich verzerre. Diese vielen, unbekannten Farben. Ich blicke tief hinein und weite die Augen.

Nichts ist, wie wir es dachten.

Es ist mir nun klar, warum all die Geheimnisse ungelüftet blieben und bleiben sollten.

Wir sollten die Lüge annehmen, in der wir leben und nicht weiter forschen. Einfach hinnehmen und leben, als wäre nichts gewesen, denn wenn wir mehr wüssten, würden wir zugrunde gehen.

Ich nehme mir das Skalpell und im Gegensatz zu unseren Kollegen wird mich nichts aufhalten.

Ich will die Welt nicht mehr sehen, in der wir leben.
Ich steche mir das Skalpell in beide Augen. Der Schmerz ist relativ. Schmerz existiert auf verschiedenen Ebenen. Dieser körperliche Schmerz wurde nur durch ein Nervensystem geschaffen, dass unser Organismus kreiert hat.

Ich will die Lügen nicht mehr hören, die wir tagtäglich hören.
Meine Ohren bluten, als ich einen Stift tief hineinsteche und meine Trommelfelle platzen. Ich werde nur noch meine Gedanken hören, meine Welt.

Ich schneide mir die Zunge ab, um keine unwahren Worte mehr zu sprechen und um die Köstlichkeiten dieser Erde nicht mehr schmecken zu müssen. Nahrung ist etwas, was unsere physische Hülle braucht. Es ist nur eine Behinderung.

Ich breche mir die Nase, um diese Welt nicht mehr riechen zu müssen. Die Düfte sind nur ein Produkt dieser Erde, zum Vergnügen und Anekeln unserer Hülle.

Blut durchströmt mein ganzes Gesicht. Etwas muss ich noch tun. Ich kann noch zu viel fühlen. Dieses Skalpell, der Stift, ich kann sie immer noch ertasten. Meine Haut muss weg. Ich schneide mir alles Haut ab, was ich habe. Ich befreie mich von diesem Gefängnis. Mein Astralkörper wird frei sein. Ich werde keine Bakterie mehr sein.

Ich kann Worldwatcher nicht mehr sehen, aber ich weiß, dass es da ist. Ich spüre seine Existenz ganz weit über mir, in der Sonne.

Die Sonne wird zu einem schwarzen Kreis, welcher sich zu öffnen beginnt. All die wunderschönen Farben des Worldwatchers ergießen sich über die Menschen, die gebannt zur Sonne sehen. Erfahrt die

Wahrheit über den Planeten, den ihr beheimatet.

Wahnsinn befällt die gesamte Menschheit. Sie kratzen sich die Augen aus, zerstechen ihre Ohren, skalpieren sich und rauben sich alle Sinne, um sich dem Worldwatcher hinzugeben, nein, ihn zu huldigen, nein, sich ihrer Lüge zu befreien und in der einzig wahren Existenz zu leben.

Wobei solche Worte wie Existenz, Universum, Götter und alles, was wir kannten, nicht existieren. Es gibt nicht einmal den Menschen.

Radium

Ich arbeite mit mehreren Frauen in einer Fabrik. Unsere Arbeit besteht darin, die Ziffernblättern von Uhren mit Leuchtfarbe zu bemalen. Diese leuchten dann abends. Dies ist unteranderem praktisch für das Militär.

Unser Arbeitswerkzeug bestand aus einem einzigen Pinsel. Dieser war nur schnell abgenutzt, unsere Arbeitgeber aber zu geizig, uns immer neue bereitzustellen. Wir sollten diese also immer wieder ablecken, um weiterhin feine Linien ziehen zu können.

Manchmal erlaubten wir uns einen kleinen Spaß und bemalten unsere Fingernägel mit der Farbe. Einige schminkten sich sogar damit. Wir lachten viel, als wir das taten, und es war eine kleine Abwechslung zum tristen Alltag der Fabrikarbeit.

*Heute erzählte mir eine, wie sich ihr Gatte
erschrocken hatte, als sie abends vor ihm
stand und ihr Gesicht leuchtete, weil sie
sich zuvor mit der Farbe geschminkt hatte.
Wir lachten darüber.
Unser lachen verstummte, als uns wenige
Monate später diese Kollegin ein Kind tot
gebar, welches unfassbar grausame Miss-
bildungen aufwies. Dieses Kind war übersät von Geschwülsten, die Körperteile
waren unterschiedlich lang und deformiert
und das Gesicht ähnelte mehr einem
Schwein als einem Menschen.*

*Sie arbeitete weiter bei uns, doch sagte
kein Wort mehr und wir redeten nicht
mehr mit ihr, nachdem sie uns darum bat.*

*Ich weiß nicht, warum, aber die Arbeit
wird immer anstrengender. Früher waren
diese acht und oft mehr Stunden Uhren
bemalen zwar eintönig, aber machbar.
Jetzt wollte ich schon nach zwei Stunden
heimgehen.*

Der Schrei einer Kollegin ries mich aus den Gedanken. Sie schien gestürzt zu sein, aber es war ihr Bein, das unsere Aufmerksamkeit bekam. Es war schlimm gebrochen, obwohl sie nur vom Stuhl gefallen war. Sie war noch jung, eigentlich sollten Knochen nicht so schnell brechen.

Nebenbei vernahm ich das Leid einer anderen Frau, welche seit Wochen über ein Geschwulst an ihrer Hüftgegend klagte, der immer größer wurde. Dies kam mit der Zeit oft vor. Frauen mit Geschwüren an ihrem Körper. Sei es am Nacken, der einen großen Buckel formte oder an anderen Körperstellen, wie die Schulter, der Bauch. Erschreckend musste ich mit ansehen, wie sich Geschwüre auf meine Kollegin im Gesicht ausbreiteten. Sie hatte sich so gerne mit der Farbe geschminkt und ihren Mann damit überrascht. Jetzt konnte ich kaum mehr ihre Augen erkennen, die Wangen waren aufgeschwollen und durch ihre dicken Lippen schien sie nicht reden zu können.

Ich sitze immer noch hier, nach mehreren Jahren zeichne ich Ziffern auf Uhren mit diesen Pinsel, den ich immer wieder ablecke. Meinen Mund spüre ich kaum mehr.
Einige andere Frauen haben es nicht geschafft. Sie brachen zusammen und starben. Die, die es von hier wegschafften, hatten später mit schlimmen Krebserkrankungen zu kämpfen. Nicht selten gebar eine von ihnen ein totes, deformiertes Kind.
Ich kann mich nicht mal mehr zu einem Lächeln aufraffen, mein Mund ist tot und während ich glaube, nur noch das Ticken mehrerer Uhren zu hören, bricht etwas von meinem Gesicht ab. Ich vernehme ein Knochenknacken und blicke herunter auf meinem Schoß. Mit meinen Fingern umfasse ich den von Nekrose befallenen Kiefer.
Radiumkiefer.

Lunge

In letzter Zeit kann ich schlecht atmen.
Eigentlich gehe ich gerne im Wald spazieren,
doch seit letztes Mal fällt mir dies immer
schwerer. Ich war nie der Mensch für Atem-
probleme. Ich rauche nicht einmal, gehe
spazieren und joggen, meine Ausdauer ist
nicht die Schlechteste.

Meine Lunge fängt an zu schmerzen und
ich kann kaum mehr atmen. Ich muss
damit dringend zum Arzt, bevor ich an
Atemnot sterbe. Menschen brauchen
Sauerstoff zum Leben. Sauerstoff, dass uns
die Bäume geben.
Mir wird schwarz vor Augen.

Langsam öffne ich meine Augen wieder
und erschrecke. Ich möchte schreien, doch
aus meinem Mund ragt ein mittelgroßer
Ast. Aus dem Augenwinkel kann ich
erkennen, dass er aus meiner Lungen-

gegend kommen muss. In meiner Lunge
wächst ein Baum!

Ich sterbe nicht, der Baum koexistiert mit
meinem Körper und spendet mir Sauerstoff zum Überleben. Gleichzeitig ist mein
Körper sein Erhalt. Der Baum wächst
immer weiter. Ein inneres Bedürfnis zog
mich in den Wald.

Meine Arme fangen an, zu dicken Ästen zu
werden, und Blätter sprießen. Meine
Beine verwachsen miteinander und
werden zu einem Stamm, der Wurzeln
schlägt. Meine gesamte Haut wird über-
zogen von Holz und ich werde bewegungsunfähig. Ich verwachse immer mehr mit
dem Baum und werde eins mit dem Wald,
der herrlichen Natur. Mutter Natur holt
sich zurück, was sie geschaffen hat.

Ich bin ein vollständiger Baum geworden.
Der Baum zeigt Ähnlichkeiten mit einem
menschlichen Gesicht auf, doch keiner der

den Wald betritt, ahnt, dass dieser Baum einst ein Mensch war, der immer noch ein Bewusstsein hat. Der Wald entspannt mich auf ungewöhnliche Weise. Ich beobachte gerne die, die den Wald wertschätzen, campen oder meditieren. Spaziergänger, die den Wald verschmutzen, ärgern mich. Tiere, die gegen meinen Stamm pinkeln ekeln mich an, aber es ist ihr Instinkt. Am schmerzhaftesten ist es, wenn die Leute etwas in meinen Stamm ritzen oder absägen. Es graust mich am meisten davor, irgendwann gefällt zu werden.

Ich wünschte, die Menschen würden Mutter Natur mehr zu schätzen wissen.

Pusteln

Mein ganzer Hals juckt so schrecklich! Ich kratze mich ständig und es hört nicht auf! Er ist schon ganz rot vom ständigen kratzen. Als ich mit meinen Fingern über meine Kehle fahre, bemerke ich, dass dieser dicker geworden ist. Wahrscheinlich hängt dies mit meinen komischen Halsschmerzen zusammen, die nicht nur mein Inneres, sondern auch mein Äußeres betreffen.

Mein Hals ist angeschwollen, deutlich angeschwollen. Alles ist so dick geworden, aber komischerweise bekomme ich weiterhin normal Luft. Ich sehe aus wie ein quakender Frosch.
Ich kann nicht anders, als auf dieses angeschwollenen Hals zu drücken. Es fühlt sich eklig an, aber gleichzeitig faszinierend. Ich habe das Gefühl, etwas ist in dieser angeschwollenen Haut. Ich drücke noch einmal

fester und erschrecke, als ich das Gefühl
habe, etwas platzen zu vernehmen.

Alles ist lila und rötlich! Die Schwellung ist
weg, aber an meinem ganzen Hals sind
Pusteln! Sie sind wie große, farbige Pickel,
alle aneinandergereiht zu einem Pustelge-
flecht. Ich fahre mit meinen Finger über
diese. Das Gefühl ist widerwärtig, als
würde ich durch einen Teppich bestehend
aus Pickeln fassen. Ich will sie weghaben,
diese schmerzenden Dinger!

Genauso wie mit Pickeln drücke ich zu und
bringe die Pusteln zum Platzen. Überall
läuft meinem Hals Eiter hinunter.

Und noch einer!
Es spritzt nur so vor Eiter!
Und der Nächste wird ausgedrückt!

Das Sekret, das meinen Hals runterläuft,
beschmutzt mein Oberteil.
Eiter mischt sich mit Blut.

An meinen ganzen Händen ist dieser Pus.

Es sind zu viele. Ich kann unmöglich alle ausdrücken. Zudem wird mir ganz schummrig von den vielen Eiter, das ausläuft. Ich muss husten und spucke etwas in meine Hände. Es ist nichts weiter als Eiter.

Mit letzter Kraft schleppe ich mich zum Spiegel und öffne meinen Mund. Selbst in meinem Mundinneren sind überall diese Pusteln.

Und sie platzen.

Alzheimer-Demenz

Ich war schon immer sehr vergesslich. Seien
es Termine, Hausaufgaben oder Treffen mit
Freunden gewesen. Wenn ich es mir nicht
aufschrieb und sichtbar hinlegte, konntest du
dich nicht auf mich verlassen. Sehr zum Leid-
wesen meiner Mitmenschen.
Trotz allem war ich ein liebenswerter Zeit-
genosse, der niemanden Leid zufügen
wollte.

Mit der Zeit wurde ich immer ungeschick-
ter und verwirrter. Ich vertauschte Dinge,
unteranderem stellte ich die Remoulade in
den Froster und das Eis in den Kühl-
schrank. Letztens wurde ich gebeten,
schnell zum Supermarkt zu gehen und
hatte es kurz darauf vergessen. Ich fühle
mich im Kopf immer leerer.

Wer ist diese Frau? Freundin?
Verschwinde, Weibsstück!

Ich wollte euch noch was sagen...
Ich war beim Arzt.
Der sagte da was.
Hab ich schon erzählt, dass ich beim Arzt war?

Bedauerlich jung, Pflegefall. Redet nicht über mich, jämmerliche Menschen!
Jämmerliche Menschen! Immer, immer geht ihr auf... auf Fremde!
Verschwindet!

Du siehst ihr ähnlich! Angelika! Ja, du bist Angelika!
Mit dem Finger zeige ich auf dich.
Was sagst du? Nicht Angelika? Doch Angelika! Lügnerin!
Verarsch mich nicht, Miststück!

Feucht, ganzer Stuhl nass. Riecht eklig.
Falle um beim Aufstehen. Wie läuft man?

Bettlägerig, Pflegefall.
Pflegefall
Pflege...
Fall...

Irgendwer berührt mich da unten.
Verschwinde!
Ich schlage nach dieser Person.
Waschen? Was waschen?
Ich will das nicht!

Ich weiß noch, wie ich Detektiv mit
meinem Bruder gespielt habe. Wo ist mein
Bruder? Wer sind diese Menschen? Ich
packe diese Leute grob an.

Starr
Leerer Blick
Bettlägerig
Bewegungsunfähig
Eingenässt

Tod
In meinem Kopf fand man kein Gehirn vor.

Arthrose

Seit Jahren habe ich diese Schmerzen. Ich leide an schlimmer Arthrose. Viele meiner Gelenke tun weh, da die Knorpelschicht immer dünner wird oder gar nicht mehr vorhanden ist. Meine Finger sind schon ganz angeschwollen deswegen und sehen deformiert aus. Dazu kommt immer dieser stechende, brennende Schmerz, der pulsiert.
Manchmal erschaudert mich der Gedanke, dass meine Knochen aufeinanderliegen.

Meine Bewegung ist stark eingeschränkt, ich brauche viel Hilfe, um im Alltag zurechtzukommen, und es ist immer mit einem großen Schmerz verbunden.

Heute hatte ich einen Arzttermin bei einem Arzt, der auf mein Problem spezialisiert ist. Er teilte mir mit bedauern mit, dass ich neue Gelenke brauchen würde,

für meine Knie oder meine Hüfte. Meine Verzweiflung
wurde größer und ich wollte diese Opera-
tionen!

Wochen später war es endlich so weit und ich sollte mein neues Knie bekommen. Irgendwie dachte ich, dass es befremdlich sein würde, eine Prothese in seinem Körper zu haben und ich hoffte, dass mein Körper diesen Fremdkörper annimmt. Ich wollte einfach nur wieder weniger Schmerzen haben und mich mehr bewegen können.

Ich wachte in einem Einzelzimmer im Krankenhaus auf und verspürte an verschiedenen Gelenken einen gewissen Schmerz und ein Taubheitsgefühl. Ich hatte erwartet, am Knie mit Schmerzen aufzuwachen.
Es klopfte an der Tür und der Arzt betrat das Zimmer. Ein großer, schlaksiger Typ

mit Brille, welcher mich fast schon begehrend anlächelte.
Er teilte mir mit, dass meine Körperteile nun beweglicher sein, als je zuvor und offenbarte mir das Ergebnis.

Überall an meinem Körper waren Puppengelenke verbaut.

An meinen Füßen, Knie, Hände, Armen, Schultern...
Hatte er aus mir eine menschliche Puppe gemacht?!
Das wollte ich nicht!

Er bat mich, ruhig zu sein und es auszuprobieren. Er half mir beim Aufstehen und obwohl die ersten Schritte wackelig waren, bemerkte ich, wie beweglich ich nun war und dass ich meine Gliedmaßen unnatürlich bewegen konnte.
Die Freude stoppte, als ich abrupt nicht weitergehen konnte.

Erst da bemerkte ich die Fäden an meinem Körper.

Der Arzt kam näher und berührte meine künstlichen Gelenke mit großen Augen. Er bewegte mich, als würde er mit mir spielen.

Ich war seine menschliche Marionette geworden.

Wir lassen uns manchmal viel zu sehr von anderen lenken, als auf uns selbst zu hören.

Cymothea exigua

Ich hatte heute den schönsten Sommer-
tag. Ich war mit Freunden am Strand
schwimmen, und abends saßen wir bei
einem Feuer zusammen und haben
gegrillt. Ein Freund von mir fand es witzig,
mir Strandwasser in meine Trinkmische zu
schütten, was ich lachend wieder aus-
spuckte, nachdem ich den ersten Schluck
trank.
Im Laufe des Abends fühlte sich meine
Zunge taub an, aber das musste vom Alko-
holkonsum kommen.

Ich hatte am nächsten Tag richtig Hunger.
Ich musste was essen! Ich machte mir
Frühstück und wärmte mir die Fleischreste
vom Vorabend auf. Mit großen Bissen ver-
schlang ich dies, aber gesättigt fühlte ich
mich nicht. Dazu hatte ich Halsschmerzen
bekommen. Hoffentlich hatte ich mich am
Strand nicht unterkühlt.

Abends wollte ich mir die Zähne putzen, doch ich reagierte empfindlich darauf und ließ davon ab. Ich wollte nicht zum Zahnarzt gehen, es würde in den nächsten Tagen wieder verschwinden.

Mitsamt meinen Zähnen tat mir auch die Zunge etwas weh. Vermutlich nur eine Entzündung. Bestimmt kommt diese von dem dämlichen Strandwasser, das mein Kumpel mir gegeben hat.

Die Schmerzen ließen nach, doch nicht mein Hunger- und Trinkgefühl. Ich fühlte mich weniger gesättigt und dehydriert. Vielleicht lag es an meinem Kraftsport, dass ich nicht genug essen würde. Dementsprechend vergrößerte ich meine Mahlzeiten, doch diese sättigten mich nicht bei weitem.

Heute bekam ich Besuch von meiner Liebhaberin. Sie war nicht meine feste Freundin, aber es war mehr, als Freundschaft. Darum trafen wir uns regelmäßig, um uns unserer gegenseitigen Lust hinzugeben.

Ihre Lippen berührten die meine und ihre Zunge drang in meinen Mund, umspielte die meine. Sie wisperte mir zu, wie geschickt ich mit dieser sei. Ich entgegnete nur, dass ich nicht nur an ihrer Zunge so gekonnt damit sei und mit breiten Beinen lag sie vor mir da.

Meine Zunge arbeitete wie von selbst und meine Liebhaberin konnte sich vor Ekstase kaum halten. Ich wusste nicht warum, aber ich war noch nie geschickter mit der Zunge.

Da lag sie vor mir, nass durch meine orale Kunst und befriedigt. Ich begab mich ins Badezimmer, um mir den Mund auszuspülen, und warf einen Blick in den Spiegel, als ich bei dem Anblick zusammenzuckte. Etwas hatte sich in meinem Mund bewegt!

Ich sah noch mal genauer hin und da sah ich es.

Meine Zunge war von einem Parasiten befallen.

Nein, der Parasit ist meine Zunge. Er war es, der mir alles weggefressen und weggetrunken hat! Er war es, der meine Liebhaberin so zur Ekstase gebracht hat. Mir wurde schlecht bei dem Gedanken. Ich musste es loswerden! Abschneiden, operativ entfernen!

Ich nahm das Barbiermesser und wollte es wegschneiden, doch diese Zunge wich aus. Bevor ich mein Werk vollenden konnte, sah ich zu diesem asselartigen, zungenähnlichen Parasiten. Er war mit mir verbunden und es würde große Schmerzen bereiten, ihn hier unprofessionell zu entfernen. Zudem wartete meine Liebste auf mich, ich wollte sie nicht warten lassen und legte das Messer zur Seite.

Sie konnte nicht von mir ablassen und küsste mich immer wieder mit ihrer Zunge. Der Gedanke, dass sie gerade diesen Parasiten liebkost, ekelt mich an. Es fühlt sich an, wie eine Paarung.

Mittlerweile merke ich die Nebenwir-
kungen dieses Dings, dass meine Zunge
leergesaugt und sich als diese ausgegeben
hat. Alles, was
Ich zu mir nehme, verzerrt es und lässt mir
nicht einmal mehr einen Bissen übrig.
Jetzt will es mich umbringen, es weiß, dass
ich Nahrung brauche. Diese entzieht es
mir gekonnt, um mich leiden zu lassen.

Ich werde dich nicht mehr nähren! Ich esse
so wenig, wie möglich, um es verhungern
zu lassen! Lieber hätte ich keine Zunge als
dieses Wesen!

Mein Kreislauf bricht unter den fehlenden
Wasser und Nährstoffen zusammen. Mein
Körper kann sich kaum mehr halten.
Dieser Parasit fängt an, mein Mundinne-
res zu fressen, seitdem ich die Lebens-
mittelaufnahme bis aufs minimum redu-
ziert habe. Es saugt die Flüssigkeit meines
Körpers auf, meine Lippen sind ganz tro-
cken.

Ich liege im Bett und öffne die Frontkamera, um einen Blick auf meinen Mund zu werfen und weite die Augen.
An meinen Wangen sind Löcher, meine Zähne werden schwarz und mein Inneres sieht aus, als würde es verfaulen. Der Parasit hingegen sieht wohlgenährt aus. Irgendwann wirst du nichts mehr zum Fressen haben und sterben!

Ein Anruf ereilt mich, meine Liebste. Ich nehme an, obwohl ich der Meinung bin, keinen Ton sagen zu können, doch erschreckenderweise spreche ich normal zu ihr, als würde der Parasit sprechen. Sie klingt nicht gut und weint, schreit fast.

Ihre Zunge kribbelt ganz komisch und fühlt sich taub an. Sie hat das Gefühl, sie würde nicht mehr zu ihr gehören.

Ich zucke zusammen. Ich habe sie mit diesen Parasiten angesteckt!

Plötzlich höre ich eine Art spucken und husten. Sie weint ganz schrecklich und stückchenweise kann ich ihre Worte vernehmen.

Es kribbelt...
So viele...
Kommen aus meinem Mund...
Kleine Asseln....

Empfindungen

Meine Mama sagt, ich hätte kein Tempe-
ratur- und Schmerzempfinden. Mir ist weder
kalt, noch heiß und ich weiß auch nicht, wie
es sich anfühlt, Schmerzen zu haben. Wenn
meine Mama von der warmen Sonne
schwärmt oder über einen Schnitt flucht,
verstehe ich es nicht.
Irgendwann wurde sie komisch.

Ich sollte zu ihr in die Küche gehen. Sie
war sauer, dass ihr das Essen angebrannt
war, nahm meine Hand und legte sie auf
die Herdplatte. Ich wusste nicht, warum
sie das tat, ich sah nur meine verbrannte
Hand. Starr blickte ich auf diese.
Nur, weil ich keinen Schmerz empfand,
hieß es nicht, dass mein Körper gegen
alles immun sei.

*Eines Abends packte sie mich und brüllte,
es gäbe einen besseren Ort für mich zum
schlafen und sperrte mich auf dem Balkon.
Es war Winter und überall lag Schnee. Sie
ließ mich so lange da, bis meine Finger
langsam blau wurden.*

*„Warum spürst du keine Schmerzen?!!"
Sie schlug mir mit der Faust ins Gesicht.
Sie wollte mir einen Schmerz entlocken.
Boshaft sah sie mich an. Mama genoss es,
jemanden zu haben, den sie nach Herzens-
lust drangsalieren konnte. Denn wenn ich
sowieso keine Schmerzen spüre, kann sie
mit mir auch machen, was sie will.*

*Ihre Misshandlungen wurden immer
extremer. Sie bog mir die Finger um,
schnitt mir tief in die Wange oder durch-
stach meinen Fuß mit Nägeln.
Eines Tages kamen jedoch Leute vom Amt,
die mich mitnahmen.
Warum sahen sie mich so erschrocken an?*

Im Kinderwohnheim stehe ich vor den Spiegel und putze mir meine übriggebliebenen Zähne. Danach lasse ich Wasser über mein angeschwollenes Gesicht mit den tiefen Narben laufen.
Die Bürste kämmt mein dünnes Haar.
Im Kinderwohnheim sorgt man sich nicht um uns.

Meine Arme und Hände sind bandagiert und mit Krücken laufe ich zum Rollstuhl in der Nähe.
Die Kleidung verdeckt meine tiefen Narben überall am Körper.
Mit Geschick setze ich mich auf dem Rollstuhl und setze mein verbliebenes Bein ab.
Von meinem rechten Bein ist mir nur noch der Oberschenkel geblieben.
Meine linken Zehen mussten amputiert werden, nachdem diese erfroren waren.
Einige meiner Mitbewohner sagen, ich müsste große Schmerzen haben, doch ich

lächle nur, während sie auf das Geschwür
an meinem Bauch gucken.

Keine dieser Verletzungen tut mir weh.
Auch den Krebs spüre ich nicht.
Wo es mir jedoch schmerzt, ist meine
Seele.

Schwein

Wozu wurde ich geboren?
Ich soll den Menschen dazu dienen, ihnen
Spenderorgane zu bringen.

Ich bin nur eine Existenz, geschaffen um
anderen von Nutzen zu sein.

Gezeugt durch menschliche DNA und das
Erbgut eines Ebers.
Herangewachsen in einer künstlichen
Gebärmutter.
Die Frau, welche ihre Eizellen spendete,
erkennt mich nicht als ihren Nachfahren
an. Ich bin nur ein Experiment.

Meine Ohren sind menschlich, aber groß
wie die eines Schweins. Meine Nase ist
deformiert und ich brauche eine künstliche
Beatmung. Ich muss am Leben gehalten
werden.

Das hier ist kein Leben.

Meine Haare sind Borsten, meine Finger und Zehen sind an einigen Stellen zusammengewachsen. Meine Nägel sind hart und robust.
Mein Zimmer sieht dem eines Schweinestalls ähnlich. Stroh, Schlamm, ein Futterkrug und ein Bett, um meine Menschlichkeit hervorzuheben. Kleidung trage ich keine an mir.

Ich bin ihnen gelungen, meine Organe sind gut und entsprechen ihren Vorstellungen. Es soll mehr von mir geben, um mehr Menschen zu helfen, die ein neues Organ benötigen.
Niemand hat nach meiner Meinung gefragt. Ich wollte nie in diesem Körper geboren werden. Sie sehen mich nur als Objekt ohne eigene Gefühle an.

Jeden Tag sehne ich den Tod herbei. Ich wurde schon bei meiner Zeugung entmenschlicht. Was bin ich?

Einer der Menschen kommt hinein. Ich verstehe grob, was er mit seiner Begleitung bespricht. Endlich, endlich nehmen sie mich mit und töten mich. Bitte erschafft nie wieder etwas wie mich. Auch eine Kreatur wie ich hat ein Bewusstsein. Besiegelt nicht mein Schicksal durch eure Hände. Hört auf, Gott zu spielen.

Darf man ein Leben opfern, um mehrere zu retten?

Puppe

*Sie liebten mich so sehr und wollten mich
nicht verlieren. Sie hätten alles dafür
getan, mich noch länger bei sich zu haben.*

*Und sie taten, was ihnen möglich war.
Um mich immer bei sich haben zu können,
tricksten sie den Tod aus und fanden
gleichzeitig eine Möglichkeit, ihr kleines
Mädchen immer bei sich haben zu können.*

Ein perfider Arzt half ihnen dabei.

*Meine Kleidung ist seitdem rückenfrei,
aber weiterhin schön wie das eines kleinen
Mädchens. Wundervolle Rüschenkleider
und auch meine Haare sind aufwendig
geschmückt.
Ich werde nur noch von daheim unterrich-
tet und sehe die Außenwelt nicht mehr.
Meine Lebensuhr tickt seitdem anders. Sie
wird immer wieder aufgezogen.*

*Einmal in der Woche drehen meine Eltern
meinen Aufziehschlüssel, damit das Leben
für mich weitergehen kann.*

Split-Brain

*Ich hatte einen Schlaganfall, welchen ich
überlebte.*
*Es blieben fast keine Schäden über, bis auf
eine mir beängstigende Sache.*

Meine Hand.

*Sie bewegt sich von alleine. Sie gehorcht
mir nicht mehr.*

*Mir fiel es auf, als ich nach einem Glas
greifen wollte, welches ich stattdessen
unkontrolliert zu Boden fallen ließ. Ich
dachte an einen kleinen Schwächeanfall,
doch die Vorfälle häuften sich.
Ich bin Linkshänder und brauche meine
linke Hand. Seitdem benutze ich vermehrt
meine rechte Hand. Es ist ungewohnt,
aber meine einzige Möglichkeit.*

Zumindest so lange, bis meine linke Hand meine Rechte umgreift, um sie an ihrer Tat zu hindern.

Ich habe keine Kontrolle mehr. Heute Morgen wurde ich ungewollt wach, als meine Hand mein Glied umfasste. Es wäre schön gewesen, hätte mein Körperteil, welches ich nicht mehr als meines bezeichne, zu fest zugedrückt. Ich glaubte schon, mir würde das Glied abgerissen werden. Mit meiner rechten Hand hielt ich meine andere davon ab, weiterzumachen.

Meine linke Hand beschert mir nur Ärger. Beim Einkaufen wurde ich des Diebstahls verdächtigt, wo ich mich knapp rausreden konnte. Früher hatte man Dieben die Hände abgehackt, vielleicht sollte ich das auch mit meiner Linken tun?

Mit meiner Lebensgefährtin, die im Heim lebte, gab es Streit, weil ich sie ungewollt schlug. Ich würde ihr nie was tun! Es ist, als würde meine Hand von einem Alien gesteuert werden.

Es reicht mir und aus der Werkstatt nehme ich eine Säge. Ich stecke mir einen Stock in den Mund, um mir nicht die Zunge abzu-beißen. Es wird dauern, aber diese Hand muss ab! Wer würde mir schon glauben, dass sich meine Körperteile selbstständig machen?

Meine linke Hand weiß um mein Vorgehen und greift mich an. Ihre Griffstärke ist enorm und sie greift um meinen Hals. Ich versuche noch, sie aufzuhalten, aber ihr Griff verstärkt sich und raubt mir den Atem. Mir wird schwarz vor Augen. Kurz vor der Bewusstlosigkeit lächle ich. Zumindest würde meine Hand mit mir verrecken.

Tot.
Tot lag mein Körper auf dem Boden der
Werkstatt, beinahe regungslos.

Nur meine linke Hand windet sich weiter
durch den Boden.

Nekrose

Ich hätte mir diese bescheuerte Spritze
nicht geben lassen dürfen! Ich wollte
schön sein, doch keiner wollte meine
Bedürfnisse erfüllen, bis ein Freund mir die
Kontaktdaten eines gewissen Arztes gab,
der auch privat illegale Eingriffe durch-
führte. Ob nun privat oder im Krankenhaus war mir egal, dass er ein qualifizier-
ter Arzt war, genügte mir. Wie dumm von
mir.

Erst war die Stelle gerötet und geschwollen. Schließlich kam dieser furchtbare
Schmerz dazu. Ich dachte, das seien
Nebenwirkungen der Spritze, doch dann
färbte sich die Stelle bräunlich-schwarz
und ich spürte sie nicht mehr.

Mein Gesicht! Meine wunderschöne Nase!
Dieser schwarze Knubbel war ein Schand-
fleck meines anmutigen Antlitz. Ich musste

diesen Arzt erreichen! Ihn verklagen! Er hatte meine Schönheit zerstört!

Ich atmete noch, doch litt bei jedem Atemzug. Der Schmerz breitet sich immer weiter aus und ein Blick in den Spiegel verriet mir, dass mein Gesicht anfing, abzusterben.

Es breitet sich immer weiter aus. Die Nekrose kriech meinen Hals hinunter und fängt an, meinen ganzen Körper zu befallen. Meine Haut färbt sich rötlich, bräunlich, Eiter tritt an einigen Stellen aus, doch ich lebe auf mysteriöserweise noch.

Es klingelt an meiner Tür und die Tür geht auf. Hatte ich nicht abgeschlossen? Vor lauter Schmerzen hatte ich die Nachricht auf meinem Handy vom Arzt nicht gesehen. Er war tatsächlich gekommen, um mir zu helfen! Ich würde erlöst werden und konnte meine Freude nicht in Worte fassen.

Ich bekam das Gefühl, meine Organe von innen absterben zu spüren. Ich sah aus wie eine lebende, verwesende Leiche. Der Arzt sah mich ohne Ekel an und war bereit, mir zu helfen. Er wollte mich an einen anderen, besseren Ort bringen und ich dachte an ein Krankenhaus. Wo er mich hinbrachte, entsprach nicht meiner Vorstellung.

Ich lag auf einer Matratze in einer Hütte. Mit letzter Kraft erblickte ich den Arzt, wie er irgendwelche medizinischen Instrumente vorbereitete. Meine abgestorbenen Gliedmaßen entfernen, hörte ich ihn sagen, doch was wollte er entfernen? Jede Zelle meines Körpers ist tot.

Er fing an. Ich spürte nicht mehr, wie er meine Körperteile abtrennte. Alles war abgestorben, das Gefühl war verschwunden. Nicht jedoch das Gefühl von Ekel und Schock, als ich sah, wie er voller Begeisterung meine abgestorbenen, amputierten Gliedmaßen ansah.

Ich war nur ein krankes Experiment von ihm gewesen.

Krümel

Ich arbeite leidenschaftlich im Bäckerei-
fachverkauf.
Es gibt fast nichts, was mich an diesem
Beruf stört, außer die Krümel.
Sie sind überall. Besonders in den Schu-
hen. Wie es mich nervt, dieses Gefühl!

In letzter Zeit ist es besonders stressig und
langsam zerrt es an den Nerven. Meine
Haut leidet darunter. Sie ist trocken und
schuppig. Die Phase wird aber auch vorü-
ber gehen, sage ich mir immer wieder.
Heute hatte ich Spätschicht und war
alleine. Ich schloss den Laden und musste
nur noch aufräumen. Da heute gut was los
war, hatte ich nicht mehr viel Ware über.
Ich fing mit dem Reinigen der Brot-
maschine an und fegte die Krümel mit
einem Feger aus, doch es wurden immer
mehr. Wie viel Brot hatte ich heute
geschnitten?

Ich sah zur Uhr. Die Putzfrau würde heute später kommen.

Ich hatte fast alles fertig und nahm mir den Besen, um die Krümel wegzufegen. Es regte mich auf, dass sie in jeder Ecke waren und ich das Gefühl hatte, ich müsste hier tausendmal lang fegen, um ein ansehnliches Ergebnis zu bekommen. Einer der Krümelhaufen wurde mir zum Verhängnis und ich rutschte auf diesen aus, dachte ich.

Ich lag auf dem Boden und wollte aufstehen, doch es gelang mir nicht. Ich blickte zu meinen Füßen, die eins mit den Brotkrümeln wurden.
Mir fiel was in mein Oberteil und ich bemerkte, dass mir Unmengen an Brösel von der Kopfhaut fielen, als wären es Schuppen.
Ich nahm den Handfeger und wollte die Brösel entfernen, doch damit beseitigte ich nur weiter ein Stück meiner selbst.

Meine Hände konnten mich nicht mehr stützen, sie lösten sich in Krümel auf und mein Torso fiel zu Boden. Keiner würde erfahren, was mit mir geschehen war. Selbst meine Kleidung wurde zu den Überresten der Backwaren.

Die Putzfrau betrat den Laden und regte sich darüber auf, dass die Verkäuferin ihre Aufgabe nicht richtig gemacht habe und sie ihr hinterherputzen musste. Sie nahm den Besen, Handfeger und Schaufel, um den großen, wie einen Menschen angeformten Krümelhaufen, zusammenzufegen und in den Müll zu schmeißen.

Glasknochen

Was soll ich Großartiges über meine Kindheit erzählen? Ich war mehr in meinem Zimmer, als in der Natur. Mir war es vergönnt, ein normales Leben zu führen. Ich hätte draußen spielen, auf den Spielplatz toben können, doch das hätte ich mit einem gebrochenen Knochen bezahlen müssen.

Ich habe empfindliche Knochen. Diese brechen leichter und schneller, als die Knochen anderer. Aus Vorsicht verboten mir meine Eltern zu bewegungsintensive Aktivitäten. Ich erinnere mich, als Kind wollte ich Fußball spielen, doch Mutter bekam von dem ganzen Verletzungsrisiko Panik und verwehrte mir dies.

Wie oft war ich beim Arzt und trug einen Gips mit mir rum?

Mittlerweile lebe ich alleine in einer Wohnung und arbeite von zuhause. Täglich

schreiben meine Eltern mir, ob alles gut sei. Mitunter nervten sie mich.
Im Gegensatz zu früher ging ich unterwegs, die verlorene Zeit nachholen.
Alleine zu wohnen war wie ein Ausbruch für mich. Ein Wunder, dass meine Eltern mich ließen.
Ich ging ausgiebig feiern. Ich achtete natürlich auf mich, aber ich ließ mich davon nicht beherrschen und mir ist bis jetzt nie was passiert.

Heute Abend hatte ich ein paar Drinks zu viel und schon beim Öffnen der Tür hatte ich Schwierigkeiten. Ich wohne im ersten Obergeschoss und müsste nur die Treppe hoch.
Leider verlor ich das Gleichgewicht und konnte mich nicht mehr am Geländer halten. Ich stürzte nach hinten, auf den harten Boden.

Mir drehte sich alles. Der Alkohol betäubte meinen Schmerz und langsam versuchte ich, einen Blick auf meinen Körper zu erhaschen.

Der Anblick, der sich mir bot, war erschreckend brutal.
Aus meinem linken Bein ragte ein Knochen, blutverdeckt. Auch mein anderes Bein hatte keine natürliche Form mehr. Es wurde dick und bläulich-lila. Ich wollte mich aufrichten, doch meine Arme hatten nicht die Kraft dazu. Es zog durch meine rechte Schulter und ich spürte mein Handgelenk kaum. Wie konnte dieser Sturz meinem Körper so schaden?

Irgendwas geht in meinem Körper vor sich, ich kann es spüren. Meine Knochen fangen an, von alleine zu brechen. Bei der kleinsten Bewegung, die ich tätige, fühle ich weiteren Schmerz. Mein kleiner Finger lässt sich nicht mehr bewegen, sogar meine Zehen fangen an zu schmerzen. Knochenstücke lösen sich ab und erschre-

ckenderweise transportiert mein Blutkreislauf sie.

Es sind nicht nur Knochenstücke, die
absprengen, der Knochen an meinem Bein
fängt zu splittern an. Kleine Knochenstücke verteilen sich in meinem Körper.

Ich versuche ein letztes Mal, mich aufzu-
richten, komme aber nur schlecht mit der
Hüfte auf und merke, dass mein Hüftkno-
chen nachgibt. Zur Hälfte liege ich auf der
Seite, ein Todesurteil für meine Wirbelsäule. Ich kann meine Beine nicht mehr
spüren. Ich möchte nach Hilfe rufen, doch
es ist nur ein betrunkenes lallen und als
ich meinen Mund zu weit öffne, knackt
mein Kiefer.

Das Atmen fällt mir schwer und als ich
meinen Brustkorb leicht hebe, bohrt sich
eine gebrochene Rippe durch mein Fleisch.

Jeder Knochen meines Körpers fängt an zu
brechen. Aus meinem Hinterkopf fließt Blut.

Ich rechne schon damit, bald nicht mehr bei Bewusstsein, am Leben zu sein.

Der erste Bewohner, der mich findet, konnte mich kaum erkennen. Knochen ragten aus meinem Körper, Körperteile waren unnormal verdreht. Ich war mit Blut übersät. Man fand überall in meinem Körper knöcherne Absprengungen vor. Selbst meine Zähne waren zersplittert. Eine Rippe hat sich unnatürlich durch mein Herz gebohrt, wie spätere Untersuchungen ergaben.

Mysophobie

Sie sind überall!
Mit einem Tuch wische ich über die Tisch-
fläche. Es muss sauber sein!
Ich verachte Keime. Sie verursachen
Krankheiten. Das Schlimmste ist, dass sie
überall sind! Sie müssen beseitigt werden.
Am schlimmsten ist der Gedanke von
diesen kleinen Lebewesen auf meiner
Haut.

Jeden Morgen beziehe ich mein Bett neu.
Mir wird schlecht bei dem Gedanken, dass
da Milben rumkrabbeln und mit mir in
einem Bett schlafen.
Regelmäßiges Händewaschen steht an der
Tagesordnung. Meine Hände sind schon
ganz zerschunden davon.
Ich vermeide Kontakt zu anderen Men-
schen, so weit es geht. Auch sie sind voller
Unreinheiten!
Meine Angst bestimmt mein Leben.

Es wird immer schlimmer. Ich kann sie sehen! Heute Morgen habe ich die Milben auf meinem Bett gesehen, ebenso sehe ich diese kleinen Viecher auf allen Oberflächen. Mir wird schlecht davon.

Ich kann bei dem Gedanken, die Keime zu sehen, kaum mehr essen. Immer sehe ich diese Dinger auf meiner Nahrung. Nahrung war für mich schon immer ein schwieriges Thema. Woanders essen war für mich unmöglich. Alleine bei dem Gedanken, dass das Besteck schon andere vor mir im Mund hatten, wird mir schlecht.

Überraschenderweise habe ich aber nicht das Gefühl, Nahrung zu benötigen. Es ist, als würde mein Körper sich von alleine sättigen.

Mein Körper verändert sich. Er wird immer mehr zu einer Zelle.

*Aber nicht eine Zelle, einer Bakterienzelle.
Ich bin der größte Schmutz, der beseitigt
werden muss!*

*Mein Arzt stellte ungewöhnliche körper-
liche Aktivitäten bei mir fest und war
erschrocken über das, was er vorfand.
Es stellte sich raus, dass ich nur noch
Sauerstoff zum Überleben brauchte. Mein
Inneres war leer, es war aufgebaut wie
eine Bakterie. In meinem Inneren befand
sich Zellplasma.*

*An meiner Haut fand ich Cilien und
machte sie mir unbewusst zu Nutze.
Meine Sinnesorgane schwanden. Ich
wollte keine Unreinheit werden.
An meiner Wirbelsäule bildete sich eine
Geißel, sie war mir sehr von nutzen. Ich
hatte nicht wirklich ein Bewusstsein. Ich
existierte lediglich.*

*Ich spüre, wie sich von meinem Körper
etwas abspaltet. Es fühlt sich an, als*

würde mein Körper sich teilen. Meine Hände berühren etwas und ich merke, dass es mir ähnlich ist. Ich habe mich geteilt. Es wird noch mehr von mir geben.

Animal Body Horror

Unser Hund ist krank geworden.
Ein Geschwulst in der Brust. Der Arzt emp-
fahl mir eine neue Methode zur Behand-
lung dieses Leidens.

Schlangengift

Ich wollte ihm erst nicht glauben. Das
sollte klappen? Trotzdem wagte ich es.
Meine kleinen Kinder und ich liebten
diesen Hund immerhin.

Mehrere Spritzen folgten und unserem
Hund ging es scheinbar besser. Meine
Kinder spielten munter mit ihm. Ein paar
Spritzen benötigte unser geliebtes Haus-
tier noch, bevor es zur Kontrolle kam, ob
es half oder nicht.

Seit der letzten Spritze verhält sich unser
Hund komisch. Er kriecht regelrecht über
den Boden und letztens hatte ich das

Gefühl, ein zischen hinter mir zu ver-
nehmen, aber dort stand nur der Hund.

In jener Nacht wurde ich von meiner Ältes-
ten geweckt. Sie war in Aufregung . Der
Hund verhielt sich komisch. Aufgeschreckt
lief ich zu seinem Platz und dort ereignete
sich mir ein grausames Bild.

Es sah aus, als läge unser Hund im Ster-
ben, wie er zuckte, versuchte, kläglich zu
jaulen, aber nur ein Zischen heraus kam.
Seine Zähne hatten sich verändert und
ähnelten dem einer Schlange. Der Körper
wuchs in die Länge und verlor büschel-
weise sein Fell. Nur einige Stellen wurden
noch verdeckt und die, die nicht mehr ver-
deckt wurden, offenbarten dicke
Geschwulste. Die Haut wurde zu einer Art
Schuppengeflecht und das Unterteil ver-
formte sich zu einem Schlangenschwanz.

Meine Kinder schrien und weinten. Was
war mit unserem geliebten Hund pas-

siert?! Was hatte der Arzt aus diesen gemacht?

Wütend sah der Hund in unsere Richtung und zischte. Aus seinem Mund kam eine gespaltene Zunge. Die Zähne waren lang und spitz.
Ich wies meine Kinder an, wegzulaufen, doch unser Hund war als dieses Schlangenmonstrum wendiger denn je.
Mit geweiteten Augen sah ich nur noch, wie sich diese giftigen Zähne in den Rücken meiner ältesten bohrten und sie vergifteten.

Ihr Tod war schmerzhaft. Es war nicht nur das Gift, das sich in ihren Blutkreislauf ausbreitete, sondern ihr Körper bildete in schneller Zeit große Tumore an ihrem Rücken, die sich nach ihrem Tod zu einem Schuppengeflecht aushärteten.

Mein Jüngster rannte, so schnell er konnte, doch trotz dieses großen Körpers unseres

Hundes, holte er ihn ein und schlang seinen Schwanz um ihn. Dieser zog sich immer fester und erdrückte meinen Sohn. Nur noch ein blutiger, fleischiger Klumpen blieb von ihm übrig.

Ich brüllte unter Tränen, dass der Hund aufhören sollte, doch zischend nahm er mich ins Visier und schellte vor, um mir seine spitzen Zähne in den Hals zu rammen. Bevor das Gift mich tötete, taten es die daraus entstehenden Tumore, welche mir die Luft abschnürten.

Er war kein braver Junge mehr.

Warum Body Horror?

Seit Jahren bin ich Fan von Horror. Im Kindesalter haben mir damals schon immer die Halloween-Episoden einer Kinderserie am besten gefallen. Seit ich schreiben kann, schreibe ich gerne an Geschichten. Warum nicht beides miteinander verbinden? Und das tat ich. Allerdings fernab von Geistern, Dämonen oder den typischen Gruselgestalten. Was mir zusagte, war der Body Horror, doch warum eigentlich?

Um diese Frage zu beantworten, müssen wir persönlich werden. Die erste simple Antwort

ist; Body Horror ist mit Gore eines meiner liebsten Horrorgenres. Dazu interessiere ich mich für medizinische Anomalien. Die ausführlichere Antwort ist jedoch folgende;

Ich bin selbst jemand, der vor Veränderungen am Körper große Angst hat. Ich fürchte mich vor Arztbesuchen und den Diagnosen. Die Vorstellung, dass etwas anders ist, auf Dauer, ist beklemmend. Besonders wenn man in die Welt blickt und sieht, dass Body Horror realistischer Horror ist. Dies ist auch der Grund, warum meine Body Horror Storys zum größten Teil eine Krankheit, die es auch im echten Leben gibt, zur Ursache hat.

Was inspiriert mich zu einigen Kurzgeschichten?

Auf einer Seite sind es persönliche Ängste und Gedankengänge, die mir in den Kopf kommen. (Das Ohr, Sehkraft)

Dann gibt es die Inspiration von anderen Medien. Der Film Malignant war Inspiration für mein Kapitel Absorption.

Ebenso sind reale Ereignisse, wie die Erzählungen von Betroffenen aus dem Umfeld, ideengebend. (Risse, Glasknochen, Arthrose)

Manchmal kommen mir die Dinge auch einfach so in den Kopf, wenn ich über einen Spruch zu lange nachdenke (Zucker) oder mir Gedanken/Fragen zu einer gewissen Sache mache. (Auferstehung & Zerfall)

Einige Male habe ich auch alte Ideen wiederverwertet. Szenarien aus Geschichten, die nicht mehr als verstaubte Gedankengänge sind. (Verlorenes Leben, Münder) Auch Träume sind eine Inspirationsquelle. (Großmutter)

Ihr merkt, Inspiration kann von überall kommen. Besonders wenn der eigene Körper zum Horror werden kann.

Eine Sache die ich ebenfalls gerne in meine Storys nähe sind kleine, philosophische Gedankengänge. In Overthinker ist das Grauen psychischer Natur. Ich denke selber zu viel über Dinge nach und kam auf den Gedanken, dass zu viele negative Bedenken schlechte Auswirkungen haben können und gab diesen eine Form in der Gestalt der Kreatur. In Lunge hingegen wird zum Ende hin darauf verwiesen, auf die Natur zu achten.

Und dies ist, wie Body Horror zum Leben erweckt wird.

Danksagung

Ich erinnere mich noch an das Gefühl, als der erste Band rauskam, und freue mich über jeden, der Body Horror gekauft und gelesen hat. Ich danke jeden, der sich auch diesen Band geholt hat. Es bedeutet mir viel, dass Menschen mein Buch interessant finden und es ihnen vielleicht den ein oder anderen Schreckmoment gibt.

Besonderer Dank geht wieder an Andrea Beyl, welcher mir bei einigen Kapiteln mit der Recherche geholfen hat.

Vielen Dank!

Wenn Ihr auf den neuesten Stand bleiben
wollt, folgt mir auf folgenden Seiten:

Belletristica: Saka Tora

Instagram: sakasasakitora